悪いコのススメ 2

鳴海雪華

MF文庫J

口絵・本文イラスト●あるみっく

プロローグ

広い広い体育館に、胡桃の叫び声だけが響き渡っていた。

「私、我慢するのも、なにもしてくれない大人に従うのも、もううんざりなんです」

床を踏みしめ、怒気を孕んだ声で胡桃が叫ぶ。衝動のままに咆哮する。

振動に合わせて、足元に転がっている猫の仮面とスプレー缶が小刻みに震えていた。

「私はあなたのことが憎いです。私たちのテロがお遊びじゃないって、思い知らせてやりたい。でも、同時にあなたを救いたいとも思ってるんです。どうか、わかってください」

胡桃が震える声で発しているのは、間違いなく本音だった。

「あなたのために、あなた自身のために、決断してください。お願いです」

ただ幸せを切に願う、純粋で純真な、僕らの本音だった。

「でないと、死んでしまいます。あなたの生命か、心か、どちらかが先に」

静寂。胡桃の声が、僕らの周囲にある音をすべて切り裂いて殺したみたいだった。

十秒、二十秒と時が過ぎていく。……向き合っている相手から、返事はなかった。

僕らの間には、苦くて圧迫感のある沈黙が、ただ漠然と横たわっているだけだった。

背後でギイと、音がした。それは裏口の扉が開いた音で、終わりを告げる音でもあった。

彼女の決断を待っている時間は、もう、僕と胡桃には残されていなかった。

「——行こう、胡桃」

「……はい。では——さようなら」

確保してもらったルートで、僕らは体育館から脱出する。

「なあ、胡桃。本当にこれでよかったのか？」

残暑の漂う道すがら、僕は少し先を走る胡桃にそう問いかけた。

「……私は……よかったと思います」

肩で息をする胡桃が、儚げな顔で笑って頷く。

「私たちは、子どもに戻るべきなんですよ。嫌なものを嫌と言って、嫌いなものを嫌いと言って、気に食わない奴を遠慮なく殴れるような。我慢を知らない、そんな子どもに」

「……うん。そうだな」

「あの人が私の言っている言葉の意味に気づくのは、もしかしたらもっとずっとあとかもしれないですけど……でもきっと、いつか気づいてくれるはずです。それでいいんです」

地を蹴った。走った。行く当てもなく、もう帰る場所もないのに、僕らは逃げ続けた。

道行く一般人に化け物を見るような目で見られながら、僕は祈っていた。

どうか、僕らが受ける天罰が。衝動の末に、僕らが迎えるバッドエンドが。

もう少しだけ、先延ばしになりますように。

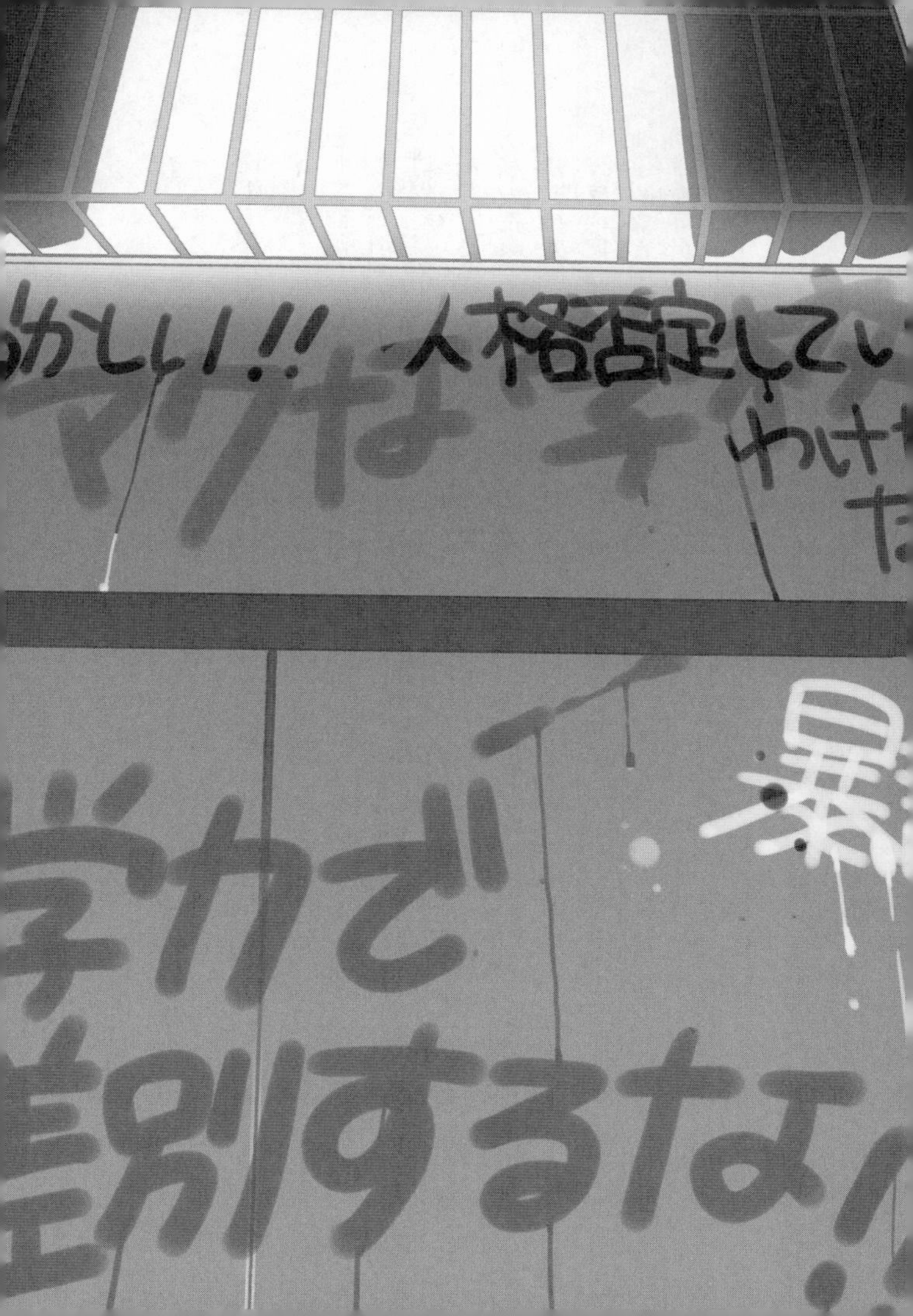
かしい!! 人格否定してい
ザは
学力で
別するな!!
暴

一章

僕――夏目蓮は、昔から、どうにも蝉の声というものが苦手だった。

理由は、まあ、逆恨みに近い。あのわしゃわしゃと響く羽音を、夏の音ではなく蝉の声として認識しているとき、僕は決まってなにかしらの停滞を感じているからだ。

夏休みの友が進まない。自由研究が終わらない。冷蔵庫にアイスがない。家族がいない。

幼少期、そんな状態に陥っている夏に、僕は蝉の声をよく認識していた。

認識せざるを得なかった。だから、苦手なのだ。

「私の授業では、ここの問題は飛ばす。各自で確認しておくように。次のページに移れ」

教室後方の窓辺の席で、僕はぼうっと外を眺めていた。

ガラス窓の向こう側から音がする。出来損ないの鈴が大量に鳴っている。

……なんて自分を騙すのは、無理だった。

蝉の声がする。

今年に入ってから、僕は初めてちゃんと蝉の声を聞いていた。聞いてしまっていた。

「では、ここの問題を……荻野。答えてみろ」

外は太陽が高く昇っていて、眩しい。青々としている空に、飛行機雲がゆっくりと伸びている。遠くで、積乱雲がそびえるように立っている。

梅雨が終わった。

夏が来た。夏休みが始まった、はずだった。

「わからない？　お前ふざけんなよ。出席番号順に指名してんだから準備しとけよバカが」

それなのに、西豪高校の様子は相変わらずだった。

「気を抜くな！　夏期講習に来ている時点でお前らに夏休みなんてねえんだよ！」

バン、と教室全体を震わせるような大きな音がした。

教室前方に視線を戻すと、黒板の中央に深緑色の手形がついているのが見えた。

さっきの音は、女性教師が黒板を平手で叩いた音だったらしい。

「いいか？　こんな問題も解けねえ奴は死んだほうがいい！　生きる価値ないよ！」

物を大切にしなさい、という教えすら守れないような人間も教師になれるんだな。

常々思う。本当に、この学校は、救いようがない。この世界は、終わっていると思う。

僕は頬杖をつきながら、指を突っ込む形で片耳を塞いだ。

この程度で暴言が聞こえなくなるなんて思っちゃいないが、少しでもこの腐った空間にいることを忘れたかった。早くこの時間が終わってほしかった。

再び、教室から目を背け、窓の外へ視線を向ける。

外は明るかった。一方で、節電を心がけている教室内は仄暗かった。

姿も形も見えないが、やっぱりどこか遠くで蝉が鳴いていた。

「……おい。……おい！　そこ、ぼーっとすんな！」

「…………」

「おいっ！　お前に言ってんだよ夏目！　ちゃんと聞けよゴミが」

心の中で舌打ちをする。窓の外を眺めたまま、僕は吐き捨てるように言う。

「……聞いてますよ」

そして、心の中で毒づく。

うるせえ黙れ。話しかけてくるんじゃねえよ。

*

放課後。僕は人目を避けて部室へと向かっていた。

西豪高校は夏休み中、部活動が禁止となっている。夏期講習の邪魔、という理由で。

当然、部室に向かっているところを教師に見つかったら怒られるわけで、平時よりもさらに気をつけて校内を移動する必要があるのだった。

本校舎を出て、旧部室棟に入る。

熱気に支配された薄暗い廊下の奥を目指す。

両壁に並ぶドアプレートを置き去りにするように、ずんずんと歩いていく。

最奥まで行って、僕は一つのドアの前で立ち止まった。周囲に人がいないことを確認して、紙と油性マジックで作られたドアプレートを見上げる。

——天体観測部。

書いてあるとおり、ここは天体観測部の部室だ。とはいえ、天体観測部は幽霊部員しかいない部活なので、この場所が部活動に使われることはない。

ここは、学校を変えるべくテロを繰り返す僕らが、アジトにしている場所である。

一呼吸して、僕は部室のドアを開ける。今日は、作戦会議をすると決めていた日だった。

「ごめん。ちょっと遅くなった」

そう言いながら部室に入ると、席で文庫本を読んでいた少女が、ぱっと顔を上げた。

ぱっちりとした黒水晶のような瞳。綺麗(きれい)に切り揃(そろ)えられた黒いボブカット。キャスケット帽についた猫耳と、アッシュグレーのインナーカラーが動きに合わせて揺れている。

復讐(ふくしゅう)モードの星宮胡桃(ほしみやくるみ)は僕を見るなり、口角を吊(つ)り上(あ)げ意地悪な笑みを浮かべた。

「んもう。遅いですよ。お陰様で、記憶喪失のラブロマンスが佳境を迎えています」

「え？　……ああ、本の話か。ごめんって。人を避けて歩いてたら時間がかかったんだ」

「そーですか。ま、許してあげましょう。お疲れ様です、先輩」

「うん。ありがとう。胡桃もお疲れ」

言いながら、僕は離れた場所にあったパイプ椅子を持ってきて、胡桃の近くに座った。

空っぽの棚。差し込む西日。少しだけガタつく折り畳み式の机。

見慣れた光景に囲まれながら、僕は軽く伸びをして肩の力を抜く。

長い一日だった。やっと、一息つける。

「先輩？　大丈夫ですか？　なんかマジでお疲れ様ですって感じなんですけど」

胡桃が文庫本をパタンと閉じながら、心配そうな顔になる。

背もたれに寄りかかって脱力する僕を、覗き込むような感じで見上げてきた。

「夏バテですか？　体調が悪いなら作戦会議は別日にしましょうか」

「ああ、そういうのじゃないから大丈夫。……いや、大丈夫ではないんだけど」

僕は軽く姿勢を正しながら、素直に答えることにした。

心配させるのは申し訳ないし、胡桃相手に強がったって仕方ないからな。

「ちょっとな。教師の態度が元に戻っていて疲れたんだよ」

「ありゃ。二年生のほうもそんな感じだったんですね」

そう言うってことは、一年の教師も同じか。

夏休みの直前にあった文化祭中に、僕らは教師の暴言を放送した。

僕らの行動は大きな騒ぎとなった。すべての教師は言動に気を使うようになったし、教育委員会が動くとか、誰かがクビになるとか、そういう話も上がっていた。

間違いなく僕らの作戦は成功した。

……成功した、はずだったんだけどな。

あれから数日で、西豪(さいごう)高校は元の姿に戻ってしまった。

人間にとって大切なのは、成績と勉強と大学受験。夏は受験の天王山。その他のことなんて──おかしな人間が起こしたふざけた事件のことなんて、どうでもいい。

教師たちは生徒にそういう態度を取る。そして、生徒たちはその態度を真に受ける。

教師どもの口調は再び荒れ始めた。

生徒たちはその変化を、文化祭という非日常から日常に戻る流れで受け入れていた。

結果、成績至上主義の校風は変わらないままだった。

夏期講習が始まり、みんな忙しくなったのが騒ぎが立ち消えとなった原因だろうな。

この西豪高校という学校は、変わっていない。

長年かけて染みついた価値観は、そう簡単に変わらないし、拭いきれない。

「別にいいけどな。あれですべてが変わるなんて思ってないし」

そう言う僕に、胡桃は「うんうん」と言って頷(うなず)く。

「そのとおりですよ。それにほら、あの作戦の狙いは来年の入学希望者を減らすことだったじゃないですか。結果発表はまだまだ先。楽しみにしながら待ってましょうよ」

「結果が出るまで胡桃は学校にいてくれるのか？」

「えー？　先輩それ、いてほしいって言ってるみたいですね？」

挑発的な表情でそう言う胡桃に、僕はさらりと言い返してやる。

「そう言ってるんだよ」

胡桃が戸惑ったような顔で「な、なに言ってるんですか」と頬を染めた。

甘いな胡桃。僕はもう、胡桃と落ちる覚悟を決めたんだ。これくらい言うさ。

……恥ずかしさはあるけど。

胡桃は咳払いを一つして、妙になってしまった雰囲気をごまかしながら言う。

「まあ、宣言したとおり、すぐには退学しませんよ。偏った正義による報復をして、ふざけた教師どもに復讐をして、ふざけた生徒たちの考えを改めさせてから学校をやめます」

「うん。まだまだこれからだ。僕らで学校を変えてやろう」

「えへへっ。先輩には期待してますからね。一緒にがんばりましょうっ！」

胡桃は鼻を擦り、キャスケットを被り直すと、足元にあるバッグに手を伸ばした。

黄色い冊子を取り出す。パラパラと捲り、中央あたりの白紙のページを開く。

復讐ノート。学校への復讐を企てる僕らがアイデアを出すときに使っているノートだ。

胡桃はシャーペンの先でノートを叩きながら「んー」と思案するような声を出す。

「それで、なんですけど。これから私たちはどう活動していきましょうかね？」

「どうって、今までどおりテロを続けるんじゃダメなのか？」

「ダメじゃないですけど。いやほら。文化祭も終わって、いちおう夏休みになったわけじゃないですか。なにかしら新しい目標を持って活動していきたいなって思うわけですよ」

気持ちの問題ってことか。それはたしかに、そうかもしれない。

「夏休み中の新しい目標ねぇ……。なにがあるだろう」

僕も胡桃も西豪（さいごう）高校がやっている夏期講習に参加している。夏休み中だけど、学校に通う権利があるということだ。このシチュエーションを活（い）かさないのはもったいない。

しばらく考えていると、胡桃がぱっと顔を上げて僕を見た。

「そういえば、先輩も夏期講習に参加したんですね？　なんか意外でした」

「参加したくてしたわけじゃない。僕は父さんに勝手に申し込まれたんだ。去年と同じで」

「ありゃ。そうだったんですね。それはお気の毒に」

苦笑いの胡桃に頭をよしよしされる。やめろ恥ずかしい。僕は犬か。

「意外と言うなら胡桃もだろ。自分から参加を決めたのか？　退学する予定だったのに」

「あー……それがですね。実は私も夏期講習なんて嫌だったんですけど『退学を保留にする』って言ったら母に申し込まれました。……えへへ。同じですねー、先輩？」

胡桃がにこにこしながら、左手で僕の右手を握る。そして、そのまま指を絡めた。

にぎにぎ。にぎにぎ。俗に恋人繋（つな）ぎと呼ばれるような形で、お互いの手を軽く圧迫する。

顔を上げて胡桃を見ると、にこりと微笑（ほほえ）まれた。

気恥ずかしい。けど、落ち着く。不思議な感覚。悪くない時間だ。

しばらく人肌の温もりを堪能したあと、僕はなんとなく思いついたことを口にした。

「夏期講習の破綻でも目標にするか。二人とも不本意の参加だし」

「おー？　なるほど？　いいんじゃないですか？　ずいぶん大きく出ましたね」

「破綻とまではいかなくても、夏期講習をターゲットにするのはいいと思うんだ」

西豪高校の夏期講習は、七月二十三日の文化祭が終わってからすぐに始まる地獄である。

ホームルームや実技科目をカットした短縮の時間割で行われる集中授業。

平日五時間、土曜日は三時間の特別講座。

内容は平時の授業とほとんど同じだ。端的に言ってゴミみたいな時間が流れている。暴言や差別発言は当たり前。場合によっては、授業のボイコットもあったりする。

別テキストを使用しようが、教師が変わらないため、授業の様子も変わらないのだ。

言わば、劣悪な授業だけを集中して受けられる特別期間。

それが西豪高校の夏期講習なのである。

一年生の胡桃も、ここ数日で西豪高校の夏期講習の劣悪さについては理解していたらしい。胡桃は何度か頷きながら、顔に意地悪な笑みを浮かべていた。

「むふ。あのゴミみたいな講座に対する反抗。いいですね。私も西豪高校の夏期講習にはムカついてたんですよ。ろくに授業しないし。夏期課題の進捗を聞いてばっかりですし」

NO MORE SWEET

「それな。去年とまったく同じなんだよ、あれ」

「うわぁ、ヤダヤダ。マジで終わってますねー」

言いながら、胡桃は空いている右手で復讐ノートにペンを走らせる。

「では、この夏休みは夏期講習を執拗に狙ってやることにしましょうか」

「うん。潰してやるつもりで、やれるところまでやってみよう」

僕らの行動動機は恨みを晴らすこと、それから、問題を起こして学校を変えることだ。

多人数の目に触れることをやらなければ、話題にも問題にもならないだろうしな。

「では、夏期講習をターゲットにするのはいいとして。どんなテロをやっていきましょうかね？　実はテロに関する案がもう尽きちゃってるんですよ。なんか考えないとです」

「そうだなぁ。新しく考えるなら、夏期講習への皮肉を込めたテロがいいよな」

「ですね。暴言とか、いつもの授業にも普通にありますもんね。そこに対して文句言ってもしょうがない……いや、別に暴言を許すってわけではないですけどね？」

僕は「そうだな」と言って頷いて返す。

わかっている。いつもと違うことをしたい、と思って言ったわけではないんだろ。夏期講習に対して文句を言えるタイミングだから、それを存分に活用したいということだ。

なにか、いい案はないだろうか。そう思いながら、二人で手を握っていることを忘れるくらいの間、考えていたのだが、現段階では特になにも思い浮かばなかった。

「夏期講習も始まったばっかりだし、少し様子を見てみるか」

「そうしましょうかね。新たな不満点とかが見つかればそれをネタにできますし」

「じゃあ、今日は解散かな。また後日、予定を合わせて会おう」

「オッケーです！　また連絡しますね」

胡桃が復讐ノートを閉じて、今日の作戦会議は終わりとなった。

恋人繋（つな）ぎを解（ほど）いて、僕は足元のバッグを手に取る。立ち上がり、帰ろうとする。

「あ、先輩。ちょっと待ってくれませんか」

「え？　ああ、ごめん。まだ話すことあった？」

「いえ、そうじゃなくてですね。――ちゅ」

唇にぷにっと、温かいものが触れる。

立ち上がる瞬間の一瞬の隙を突かれて、僕は胡桃に軽めのキスをされた。

「……びっくりした。なんだよ」

自分の唇に触れ、平静を取り繕いながらそう聞く。

胡桃は舌なめずりをしながら、また意地悪そうな笑みを浮かべていた。

「にひ。別にー。なんでもないですっ。帰りましょー」

荷物をまとめて、インナーカラーをヘアピンで隠して、胡桃が部室から出ていく。

いや、待てよ。どういう意味なんだ、なんでもないって。

僕らのキスは、不満を解消するのが目的の悪いことであるはずだけど。

……まあ、深く考えるのはやめておこうか。よからぬ勘違いをしても嫌だしな。

＊

暴言や人格否定が当たり前にあるゴミみたいな授業。

叱責ばかりでまったく進まないクソみたいな講座。

それらはすべて事実なのだが、夏期講習の劣悪さはこういう授業内容だけに留(とど)まらない。

驚くことにこの夏期講習、通常の学費とは別にお金がかかることになっている。参加を希望する生徒は事前の申し込みをしたあと、学校に受講料を支払わなくてはいけないのだ。

ろくな授業をしないくせに、私立らしく金だけはきっちりと搾取する。

それが西豪(さいごう)高校の夏期講習。本当に、救いようがない。完全に生徒のことを舐(な)めている。

「くだらねえところで間違ってんじゃねえよ。中学生からやり直しとけよバカが」

胡桃(くるみ)と一緒に夏期講習を狙うと決めた翌日。

教室では教師からそんな怒号が飛び、机の倒れる音が響いていた。

今日の夏期講習も変わらず、劣悪な授業が展開されていた。

こんなゴミみたいな夏期講習だが、実は毎年、かなりの人数が受講している。

別途料金がかかる仕様なので、当然ながら受講するかどうかは任意なのだが……西豪高校にいる生徒の大多数は、毎年この夏期講習に参加することにしているのだ。

大学受験に向けて勉強がしたいから。夏休みのうちに復習がしたいから。

そういうポジティブな学習意欲を持つ生徒も多少はいるのだろうが……多くの生徒が闇深い理由でこの講座を受講しているのを、僕は知っている。

「夏休みだからって気が抜けてんじゃねえの？　君たちはさぁ、少なくとも、ここに書いてあるようなバカな連中とは違うんでしょ？　この機会を活かさなくてどうする？」

教師が教室の横に行って、一週間の予定などが書かれているサブの黒板を叩く。

そこには、六名のクラスメイトの名前と「受講届け未提出者」の文字がある。

これだ。これが、西豪高校の夏期講習に受講者が多い理由。

受講届け未提出者の名前が黒板に残るのだ。すべての学年、すべてのクラスで。

毎年、五月の中旬ごろから始まる、西豪高校の伝統だ。黒板にクラス全員の名前を書いておいて、夏期講習の受講届けを提出した者から順に名前を消していくのである。

これがなにを意味するか。まあ、要するに、こういうことだ。

夏期講習に参加しない生徒……あえて悪い言い方をするのならば、ズルをしようとしている人間は、クラス内で名前を晒されることになっているのである。

大々的に「受講届け未提出者」なんて書いてあったら、生徒たちは必ず話題にする。クラス内で「お前、夏期講習に来ないの？」というような会話が発生する。

よほど芯がしっかりしている人間でもない限り、夏期講習に参加しない生徒は、学校生活で常に肩身が狭い思いを強いられることになるのである。

同調圧力による支配。生徒全員の芋づる式の受講表明。

学校側は、そんな展開を狙っているのだ。この黒板にはそういった意図がある。

「ここに名前が書かれている方々は、夏休み毎日に予定が入っているとーっても多忙な人たちでしょうから、いいんですがね？　あなたたちは違う。なら、ちゃんとやりなさいよ」

そんな皮肉を口にしながら、教師が教壇に戻る。

この晒しシステムはゴミだが、中でも個人的に死ぬほどムカつくポイントが一つある。

それは、教師たちが「メモとして名前を残している」という体でいるところだ。

誰がどう見たって、このシステムは明確に悪意のある晒し行為だ。それなのに、直接的な暴言等は書かずに「受講届け未提出者」と書いているだけなのが卑怯で許せない。

体裁を取り繕うな。悪人なんだから、百パーセント悪くあれよ。ぶん殴ってやるから。

自分は悪いことをしていないなんて顔をしながら生きてるんじゃねえぞ。

そんなことを思っていたらふと、昨日の作戦会議のことを思い出した。

この不満の解消を目指せば、夏期講習ならではのテロができるかもしれない。

僕は机の下でこっそりスマホを操作して、胡桃にメッセージを送る。

『やるテロ、名前を晒すシステムに一石投じるやつにしない？』

胡桃も授業中のはずだが、すぐに返信があった。

『ペインティング晒し首っていう作戦を思いつきました』

いや、言われてもわかんねえよ。

どんな作戦だ？　名前が絶妙にダサい……のは、いつものことだけど。

返信しようとしていたら、ほどなくして、胡桃から作戦の詳細が送られてきた。

マジックペンやペンキを用意して、人目を忍んで各教室に侵入する。それから、生徒の名前が晒されている黒板にでっかく「サラシクビ」と落書きして、未受講者を晒し首にしていることを教師に認めさせる、という内容のテロだった。

夏期講習に対しての不満をぶつけつつ一石を投じている。いいテロだと思う。

『それでいこう』

素早くそう返信し、僕は黒板に目を戻しながら考える。

さて、テロの内容はこれでいいとして、次に考えるのは犯行の日時だな。

安全に作業が行えるタイミングはいつだろう。しっかり調査しておかないと。

あと、文字の太さや色はどうしようかな。そこらへんもきっちり決めたほうがいい。

黒板のほうを見てあれこれ考えていたら、胡桃から追加でメッセージが届いた。

『いま思いついたんですけど、落書きついでにコレ飾りませんか？』

胡桃から送られてきた画像を見て、僕は思わず吹き出しそうになった。

百均のマネキンヘッドを加工して作ったと思われるリアルな生首だ。髪はボサボサ。目は白目を剥いている風に描かれていて、首元は血が滴る感じで赤く色が塗られている。

こえーよ。どこで見つけてきたんだよ、こんな画像。

『最高だ。それも作って飾ろう』

『今日は百均に寄ってから帰りますか』

この生首も僕らで作るってことだよな。ハンドメイド系の作業は、消しゴムはんこのテロ以来だ。あのときみたいに足手まといにならないといいけど、なっちゃうだろうなぁ。

スマホを持ったままそんなことを思っていたら、またメッセージが届いた。

しかし、今度は胡桃からじゃない。別のアカウントからだった。

画面をスワイプして確認すると、送り主は隣の席に座っている田中さんだった。

『あんまりスマホ見てると先生に怒られちゃうよ』

横に目を向けると、田中さんと目が合った。

田中さんは僕のほうを見ながら、薄っすらと微笑んでいた。

……まったく。律儀な人だ。僕のことなんて放っておけばいいのに。

僕はスマホに指を滑らせて、素早く文字を打ち込む。

『忠告ありがとう』

そう返信したあと、隣に向き直って軽く微笑み返しておいた。

田中さんと話をするようになって一ヶ月半。やっとわかった。

これが僕と田中さんの適切な距離感なのだ。

＊

胡桃の考えた作戦をもとに、僕らは二日間でテロの準備を終わらせた。

夏期講習を聞き流し、放課後に部室で作戦会議をする。

犯行に適した日時についても、きちんと二人で相談して決めた。

僕らは土曜の早朝にテロを決行することにした。土曜を選んだのは、午前で授業が終わる関係で学校にいる教師の数が少なく、犯行がバレにくいから。決行の時間を早朝にしたのは、自習のために早めに登校した生徒を演じれば怪しまれないと思ったからだ。

内容、手段、日時、すべてを決め、僕らは万全の態勢で犯行に臨んだ。

マネキン生首をどう制作するかが問題だったが、それについては胡桃が自宅で作ってきてくれたので大丈夫だった。まあ、ハンドメイドじゃ僕は完全に戦力外だからな。

決行日。始発に近い電車に乗って、僕と胡桃は登校した。マネキン生首をバッグに詰めて秘密裏に校内へと持ち込む。天体観測部で落ち合い、最終確認をする。

「マネキンはばっちり。です。先輩。頼んでいたものは買ってきてくれました？」

「うん。三十センチ定規と油性マジックだろ。マジックはちゃんと白色を買ってきたよ」

「ナイスです。……うん。黒板ですし、やっぱり白色で間違いなかったですね」

「万が一に備えて、いちおう予備も買ってきたんだ。二本ずつ持っていこう」

「オッケーです。よしっ。準備は完璧ですね」

僕と胡桃（くるみ）は並んで深呼吸を一つ。

「……では、先輩？　楽しいテロを始めましょうか」

顔を合わせ、軽くキスをして、僕らは部室を出た。

さて、犯行開始だ。

胡桃と手分けをして、各教室にある「受講届け未提出者」と書かれた黒板に落書きをしていく。定規と油性の白マジックで、目立つように「サラシクビ」と文字を書いていく。

マネキン生首のほうは、黒板に貼りつける形で、いくつかの教室に設置した。持ち運びの関係ですべての教室に飾ることはできなかったが、ある程度の妥協は仕方ないだろう。

現行犯で捕まらないことが最優先。上出来すぎる結果だ。

僕らの犯行は滞りなく終了した。

ベランダや非常階段を駆使して、僕らは見つからないように犯行を終えた。

犯行後は胡桃と別れ、トイレにこもって時間を潰した。

校内が騒がしくなってきたころ、僕はなに食わぬ顔で教室に向かった。

どの教室も、僕らが落書きをした黒板の前には、人だかりができていた。

ざわついているが、犯人の目撃情報などは聞こえてこない。

夏休み一発目。僕らのテロは、紛れもない完全犯罪だった。

＊

夏期講習中はホームルームがない。

そのため、僕らのテロは一時間目の授業で話題となった。

「……いちおう聞くが、この落書きと気味の悪い人形に心当たりがある者は？」

授業開始直後。小柄な女性教師が、二年五組全体に向かってそう問いかける。

「妙なことを話している奴がいた、とかでもいい。誰かいないか？」

生徒たちは顔を見合わせるばかり。誰一人として発言も挙手もしない。

もちろん僕も無反応を貫いているので、教室内は完全に静まり返っていた。

「クソッ。誰もいないか。先日の文化祭で妙な放送が流れた件も含めて、情報はいつでも求めている。こんな不気味で馬鹿げたこと、絶対に許しちゃいけないんだ」

こいつはなにを言ってるんだか。

本当に許されないのはどっちだと思ってるんだ。

「なにか思い出したとかあれば、すぐに言え。言いづらかったら個別でいいから」

「…………」

「んだよお前ら。返事くらいしろよ」

そう言われて、クラスメイトたちは若干間延びした声で「はい」と返事をした。

今回のテロも、僕と胡桃(くるみ)は犯行現場を誰にも見られていない。

クラスメイトは全員、情報なんてないから聞かれても困るって感じだろう。

「ったく……にしても、なんなんだよ、これ……」

女性教師はため息を吐(つ)くと、視線を生徒からサブの黒板へと戻した。

教師がマネキン生首を手に取って、重々しい口調で呟(つぶや)く。

なんなんだよ、とはずいぶんな言い草だな。

本当はなにを皮肉られているのか、わかっているくせに。ちゃんと受け止めろよ。

「……先生。そのマネキンの裏側、なんか書いてないですか？」

重々しい空気の中、一人のクラスメイトが声を上げた。

おお。そこに気づいてくれるとは。製作者としてかなり嬉(うれ)しい。

「あ？　裏側ってどこだよ？」

「そこです。マネキンのうなじ辺りに問題みたいなのがあるんですけど」

「これか。なにこれ……暗号？　いや、数Ⅱの問題か？　解けなくはねーけど……」

教師が言ったとおり、各マネキンには数学を利用した暗号が記してある。

微分積分やサインコサインなどを駆使して解いてみると、なんとびっくり。答えに対応する文字が示されていき……最終的に、まったくもって意味のない単語の羅列になる。

要するに、あのマネキンの裏には、特に答えのない暗号の紙が貼ってあるのだ。

お勉強が大好きな人ほど泥沼でもがき続けることになるという、性格の悪い仕掛け。

学力が高い者への挑戦状に見えるが、違うのだ。誰がそんなつまんないことするかよ。

晒し首のテロと直接的な関係性はないが、これはこれで気に入っている皮肉だった。

「誰かこれ解いた奴いないのかよ？　お前ら二年だから、習った範囲だろ？」

「俺やってみたいんで、ちょっと見せてもらっていいですか」

「課題もやってこないお前に解けんのかよ。……答えは合ってるはずなんだけどなぁ」

悩む教師とクラスメイトを見ながら、僕は心の中でほくそ笑んだ。一生悩んでろバーカ。

教師がマネキンを持ったまま首を傾げる。生徒が問題について意見を出す。

次第に会話の裏で噂話をする生徒が出てきて、教室の空気が弛緩してきた。

誰もがこのまま答えのない謎解きで授業が終わると思った、そのときだった。

場の空気を切り裂くように、コンコンというノックの音が教室内に響いた。

「あ、どうも。失礼するよ」

そう言いながら、ノック音の主は返事を待たずドアを開ける。

思わず目を丸くしてしまったのは、きっと僕だけじゃないだろう。

突然の来訪者。そいつは、ちょっとした有名人だったのだ。

切れ目で、怜悧(れいり)さを感じさせるような顔立ち。高身長。細身なのに高校生にしては大きな胸を持っていて、まさにモデル顔負けといったスタイルを持つ。青みがかっている髪も美麗で、後頭部で一つにまとめられ、流れるように一直線に落ちている。

二年一組。七々扇奈々(ななおうぎなな)。

彼女は、いわゆる首席である。入学後から今日まで、学年トップの成績を維持し続けているとんでもない生徒。西豪(さいごう)高校の上位クラスの、その頂点に位置する存在なのだ。

一瞬の膠着(こうちゃく)を経て、場が動き始める。

教師がやや険しい顔で、教室に入ってきた七々扇を見る。

「七々扇？　どーしたんだ。なにか用か？　今はいちおう授業中のはずだが」

「ごめんごめん。それは、わかってるんですけど」

七々扇は敬語とタメ口の入り混じった口調で教師をあしらうと、

「ちょっとね？　先生に許可を貰(もら)って、お掃除をしに来たんですよ」

「お掃除？　どういうことだよ」

七々扇は「これです」と答えると、手に持っていたボトルを軽く揺らす。

「お前、なんだその持ってるやつ」

「無水エタノールですよ？　科学室から借りてきたの」

「そんなもん借りてきてどうするんだ。なにするつもりだ？」

「油性マジックを消すには無水エタノールを使うのが一番なので。黒板、借りますね？」

言いながら、七々扇は「サラシクビ」と書かれたサブの黒板の前に立つ。もう一方の手に持っていた雑巾にエタノールをつけて、流れるような優雅な所作で黒板を拭き始めた。

「七々扇……お前それ、本当に落ちるのか？」

「他のクラスもこれで落としたんで大丈夫ですよ？　まあまあ。安心して見ててよ」

七々扇の言うとおり、白マジックは薄くなっていった。さすがに一拭きでピカピカというわけにはいかないようだが、手を動かすと着実に「サラシクビ」の文字が消えていった。

「ほら、どうです？　ちゃんと落ちたでしょ、先生」

「本当だ……。さすが上位クラスを代表する生徒だな。助かった」

感心する教師に、七々扇は不敵な笑みを返す。

「どういたしまして。あと、先生。ついでに、このマネキンも回収しちゃうね？」

「あ、いや、ちょっと待て。それ、まだ裏面に謎が残ってるんだ。犯人からのメッセージかもしれない。そうだ。七々扇は解けたか？　よかったら知恵を借りたいんだが……」

「たぶんこれ、暗号じゃないよ？　ちゃんとした数学の問題だからいちおう答えは出せるけど、どういう解釈をしても、みんなが想像しているような言葉とかにはならないはず」

「え？　ああ、そうなのか……」

「考えるだけ無駄ってことです。早めに忘れたほうが身のためだよ？」

さらりと言ってのけると、七々扇は教師の手からマネキンを引ったくった。

そのまま教室の外にある大きなポリ袋の中へと放り投げる。各教室から回収しているようで、袋には胡桃ががんばって作った生首が大量に入っていた。

「こんなもんかな。それじゃ、私はこれで失礼しますね？」

「お、おう。助かったよ七々扇」

「いいえ。あ、大隈先生にはあとでちょっとお話ししたいことがあります」

「え？　あたしに話？　勉強の質問か？　別にいいけど……」

「ま、そんなとこです。詳細は追って。それじゃ、みんなは授業がんばってね」

パチリと可憐なウインクを決めて去っていく七々扇。

教室全体に向けたようなウインクだったが……なぜか、一瞬だけ目が合った。

僕は七々扇と一切の面識がないので、単なる偶然だろうか。

偶然にしては、意味ありげな視線だったような気がするけど。

よくわからないが……僕らのテロをこんな綺麗に掃除しやがって。気に食わない奴だ。

＊

テロ行為がうまくいったとき、僕と胡桃は二人で祝勝会を開くことにしている。

だが、テロを起こした当日にやることはしない。学校が荒れているときに、密会するのはリスクが高い。教師に見つかったら犯人じゃないかと怪しまれてしまうからだ。

そんなわけで、マネキンのテロをした日の放課後。

僕と胡桃はそれぞれ別々の時間に、何食わぬ顔で下校すると決めていた。

バッグを肩にかけ、靴を履き替えて校舎から出る。

土曜日は午前中で授業が終わるため、外はまだ明るかった。限りなく白に近い輝きを放つ太陽が、僕の頭上の遥か遠くでじりじりと照っている。

あまり食欲も湧かないし、今日の昼は冷たい麺系のものを軽く食べて帰ろうかな。

そんなことを思いながら校門を出たあたりで、背後から声が飛んできた。

「ねえ。……ねえってば。そこの君。ちょっと待ってよ」

自信に満ち溢れているような、凛とした声色。

聞き覚えがある。というか、ちょうど今朝方に聞いたばかり。七々扇奈々の声だ。

……これは、僕に話しかけているのか？

目だけを動かして周囲を確認してみるが、僕以外の人の姿はほとんど見えない。土曜は学食で昼食を取ってから帰る生徒が多いため、人によって下校時間がまちまちらしい。

状況から察するに、さっきの声は僕に向けられたものである可能性が高そうだ。

なんの用かはわからないが、無視するのも怖い。いちおう立ち止まって聞いておくか。

「おっ。気づいてくれた。やっほ」

振り返ると、日光を受けて艶やかに輝く青みがかった髪が見えた。

七々扇(ななおうぎ)は不敵に目を細めながら、軽快な調子で僕にあいさつをする。

「こんにちは。いい天気だね。君、たしか二年五組にいた子だよね？」

「……そうだけど、僕になにか用か？」

「んーん。特に用はないんだけどさ。今朝、教室で見かけてカッコいいなって思ったから
つい声をかけちゃった。ごめんね？」

まったくもって悪びれる様子なく、小首を傾(かし)げてそう謝る七々扇。

僕は少々面食らいながらも、なんとかこの場で最も適切だと思う質問を導き出す。

「それは、あれか？　逆ナンパってやつか？」

「うん。まあ、そう受け取ってもらって構わないよ？」

マジかよ。なんなんだ、こいつ。七々扇って、こんなに肉食系の女子だったのか？

今朝の視線は、そういう意味だったのかよ。

美人の女子にカッコいいねと声をかけられる。男子なら浮かれて然(しか)るべきシチュエーシ

ヨンかもしれないが、あいにく僕はまったくもって嬉しいと思えなかった。

七々扇は上位クラスの成績トップ。この学校を支配する差別法——西高法において頂点に君臨している存在。僕や胡桃とは立場が違う。できれば関わり合いになりたくない。

僕は顔を無表情にして、肩を竦めながら言う。

「悪いな。君の期待には応えられそうにない。僕には相手がいるから」

「あ、そうだったんだ？　そっかー。でも、いいじゃんちょっとくらい。遊ぼうよ」

「断る。見つかったらなに言われるかわかったもんじゃないしな」

「彼女さん怖いんだねぇ。えー。そんな人は無視してさ、今から私とデート行こ？」

半歩距離を詰めてくる七々扇から後退し、僕は露骨に舌打ちをした。

男女問わず、たまにいるんだよな、こういう奴。

上位クラスだからって、簡単に異性をモノにできると考えているような人間だ。相手を一人の人ではなく性としてだけ見ている感じがして、はっきり言って不愉快極まりない。こんな不満をぶつけても、価値観の歪んだ生徒はどうせ理解できないんだろうけどな。

「あははっ。そんな怖い顔をしないでよ。冗談だって」

無言でしばらく睨んでいると、七々扇がそう言って笑った。

「……たちの悪い冗談はやめろ。僕が本気にしたらどうするつもりだったんだ」

「あ、違う違う。君のことをカッコいいと思ったのは本当だよ？　冗談は、今からデート行こってやつ。ナンパのシチュエーションが楽しくて、ノリで言っちゃった」

ふざけんなよ。ナンパが冗談だろうがデートが冗談だろうが大差ないだろ。

そう思って睨み続けていたのだが、七々扇は僕の様子など気にせず朗らかに話を続ける。

「ねえねえ、聞いてよ？　君とデートに行きたかったんだけど、私、今から用事があるの」

「……なんだよ」

「このゴミを捨てにいかなくちゃいけないんだよね。ほら、見て。こんなにある」

そう言って、七々扇は引きずるように持っていた大きな袋を掲げた。

透明タイプのポリ袋だ。中には胡桃が作ったやけにホラーなマネキン生首が大量に入っている。今朝、僕らがテロをやったあとに各教室から回収したのだろう。

……なるほど。ゴミを捨てに行かなくちゃいけない、ね。

なにも考えず言っただけだろうが、言い回しに思うところがある。

上位クラスの生徒にとって、僕らのやったテロ行為はゴミでしかないということか。

「ん？　なんか反応してよ。私が一人で喋ってるみたいで淋しいじゃん？」

七々扇が不敵に目を細めながら、僕の顔を覗き込んできた。

僕らのテロを――胡桃のハンドメイドをゴミと称されたことは癪に障るが、変に反応するわけにもいかない。テロの犯人が僕らだということがバレてしまう恐れがあるからな。

僕はポリ袋から視線を外して、適当に思いついた返事をする。

「はいはい。大変だな。上位クラスなのにそんな面倒を押しつけられて」

「ああ、別に押しつけられてはいないよ？　これは自主的にやってることだから」

教師の好感度稼ぎだろうか。それはそれは。殊勝なことだ。

「そうだっ！　大変だと思うなら、ゴミ捨てに行くの手伝ってよ。デートは無理でもゴミ捨てくらいならいいでしょ？　浮気にもならないはず。ただのお手伝いだし」

「……断る。悪いけど、今日は忙しいんだ。もう解放してくれないか」

そう言って、僕は踵を返す。

特に用事はないが、これ以上、七々扇と関わっていたくなかった。

「あーっ。わかったー。今から彼女と会う約束してるからダメなんでしょー」

しかし、七々扇に追いつかれ、横に並ばれ、またそうやって絡まれる。

「しつこいな。なんでもいいだろ。とにかく、僕はもう帰るから」

「女の子に会うならちゃんと身なりを整えないとダメだよ？　バッグほこりっぽいし」

肩にかけているバッグを、七々扇にポンポンと叩かれる。

なんなんだ、本当に。いちいち癪に障る奴だな。

「いい加減にしろ」

僕は七々扇の手を軽く振り払い、彼女を置き去りにして一人で下校した。

＊

「ほいでは、先輩？　今回のテロもお疲れ様でした。かんぱーい！」

ペインティング晒し首のテロを起こした二日後。月曜日の放課後。

僕と胡桃は予定どおり、天体観測部の部室で祝勝会を開いていた。

テーブルの上に並んでいるのは、ポテチ、クッキー、チョコレート。それから一リットルのオレンジジュースパックと、プラスチックのコップが二つ。いつもの面子だ。

「いやあ、無事に成功してよかったですね」

胡桃が上機嫌な様子で個包装のクッキーをひょいと取り、封を切りながら言う。

「そうだな。よかったけど、もう慣れたもんじゃないか？」

「いやいや。そんなことないですって。なんだかんだ、ああいうこそこそやるタイプのテロは久しぶりですし、私はちょっと緊張してたんですよ？」

「そっか。たしかに暴言はんこ以来かもしれないな」

胡桃は「でしょ？」と言って、クッキーをもぐもぐしながら笑う。

「んくっ……あれです。先輩の考えたベランダを利用して移動する作戦。あれがよかったですね。あれのおかげで誰にも見つからずに済みました。さすがですねー、先輩？」

「早朝だからやらなくても見つからなかったと思うけどな」

「それは結果論ですよ。もう。素直に受け取ればいいのに」

たしかに。褒め言葉を素直に受け取れないのは僕の悪い癖かもしれない。褒められて嫌ではないし、むしろ嬉しいんだけど、どんな反応したらいいかわからないんだよな。

なんとなく気まずくなって、僕はクッキーに手を伸ばした。

すると、同時にお菓子を取ろうとした胡桃と手が触れた。

示し合わせたように、視線が合う。

僕は反射的に手を引こうとした。しかし、胡桃がそれを許さなかった。

胡桃は僕の手を素早く捕まえると、するりと指を絡めて、ぎゅっと握った。

そして、満足げな顔になってにんまりと笑う。

「……なんだよ」

「ん？　べつにー？　なんでもないですよ」

言いながら、胡桃は僕の手を軽く引いた。

なにをするのかと思っていると、自分の頬に当てさせるように持っていく。

僕の手は胡桃の柔らかい頬とアッシュグレーの髪に挟まれた。

手のひらはもっちり。手の甲はさらさら。くすぐったいやら温かいやら、複雑な感覚だ。

「……そんなことしてると、手についたお菓子で顔が汚れるぞ」

「大丈夫ですよ。先輩、まだ個包装のやつしか食べてないでしょ」

それはそうなんだけど。そんなことは僕だってわかっているのだけど。

僕が気恥ずかしくて言ってることを理解しているのか、いないのか。胡桃は惚けた表情のまま、僕の手に頬ずりをしていた。その間、ずっと視線は僕に向けたままだった。

脳の奥が刺激されるような妖しい沈黙が続くこと、十数秒。

突如、胡桃が手を解いて席を立った。

僕のすぐ横に並び、呟くような囁くような声色で、こんなことを言った。

「……ねえ、先輩。キスしましょっか」

顔を上げる。恍惚とした瞳が、じっと僕のことを見下ろしていた。

「ダメ、ですか……? なんか言ってくださいよ」

「いや、別にダメじゃないけど……」

あるべき場所に戻ろうとするように、胡桃はゆっくりと僕に向かって手を伸ばす。

僕の心もまた、あるべき場所に戻るように胡桃のことを求めてしまっていた。

ああ、これは断れない。断りたくない。僕は完全に雰囲気に当てられていた。

「ねえ、先輩。しましょうよ……」

「……わかった。いいよ」

僕がパイプ椅子を引くと、胡桃が「失礼します」と言って近づいてくる。

胡桃は両膝を揃え、座っている僕にお姫様抱っこされるような感じで膝上に乗った。そ

のまま上半身を捻って僕の肩に手を回し、至近距離で僕を見下ろすような体勢となる。

胡桃は猫耳キャスケットを取って机に置き、髪を耳にかけた。

そして、ちょっぴり照れくさそうな顔で、僕の後頭部にするりと手を回す。

「それじゃ、いきますよ……」

「……いつでもどうぞ」

僕らはなんの躊躇もなく顔を寄せて、マウストゥーマウスのキスをした。

「んっ……ちゅ……れぇ……る……せんぱっ……んぅ」

これで何度目のキスだろうか。僕らに遠慮なんてあるはずがなかった。

唇が重なった瞬間、僕らは舌を絡め合った。舌を伸ばし、互いに互いの口内に侵入し、収まりのいい位置を探していく。だけど、なにがあっても決して動きを止めることはせず、新たな居場所を求め、新たな刺激を求め、領土を主張し合うように舌で舌をねぶり合う。

長く連れ添った恋人同士がするような、熱烈で蠱惑的な接吻。

舌先に導かれるようにキスを続け、僕の思考は酸欠状態に呑み込まれていく。

理性とか、本能とか、世界平和とかキスの意味とか。そういった色々なものが曖昧になって、混沌として、思考の奥底へと追いやられる。

悩みや思惑は単純化されて、強制的に整理される。

最後には脳が、迫る瑞々しい唇と響く生々しい粘着質な水音だけを認識するようになる。

「ぷぁ……先輩、気持ちいいですね……はぁ……んっ……んんっ……」

胡桃がさらに激しく唇を押しつけてくるので、僕も舌をそれに応えるような動きにする。

変化に気づいた胡桃の口角が、わずかに上がったのがわかった。

「ちゅぅ……れぇ……まったくもう、先輩ったら……」

胡桃の吐息を流し込まれながら、僕は思う。

別にいいだろ。僕だって、胡桃とキスをする時間は好きなんだ。

＊

彼女が天体観測部の部室にやってきたのは、ちょうどそのときだった。

僕と胡桃が抱き合いながら、酸欠から回復しようと努めていたとき。

キスを終え、唇だけを離し、鼻と鼻が離れぬままの距離でお互いに息を吸った瞬間。

やけにクリアになった思考の中で、僕は一人分の足音を聞いた。

それは、カツカツという自信に満ち溢(あふ)れた足取りだった。

根拠はないが、僕はなぜか確信した。足音は間違いなくここに向かっている、と。

「……胡桃。ちょっと待って。離れたほうがいい」

「ふぇ？　なんでですか」

とろんとした顔の胡桃(くるみ)が、最後の理性を振り絞ったような声でそう聞く。

遅かった。なにもかもが、少しだけ遅かった。

胡桃が上体を起こそうとするときにはもう、天体観測部のドアは開けられていた。

僕が胡桃を膝上に乗せているところも、僕の唇と胡桃の唇が唾液の糸で結ばれているところも、すべて見られてしまった。——一人の、女子生徒に。

その女子生徒はノックもなしに部室に入ると、不遜な態度で僕らにあいさつをした。

「やあ、こんにちは、お二人さん。お取り込み中、失礼するよ」

誰かなんて聞くまでもない。ここ数日で三度目となる遭遇。

自信に満(み)ち溢(あふ)れたような笑み。天体観測部に突如として現れたのは、七々扇奈々(ななおうぎなな)だった。

しまった……でも、これは、どういうことだ？　どうして七々扇がここに？

先日の逆ナンパの続きとして、僕に会うために来たのだろうか。

もしそうなら、どうやってこの部室を特定したのか疑問である。

僕は今日も、教師に見つからないよう注意しながらここに来た。後をつけられていたならわかるはずだし、そもそも、使ったルート的に尾行できるとは思えないのだが……。

いや、根本的な問題はそこじゃないか。誰がどう来たかは、さして重要じゃない。

夏休み中の部室利用や不純異性交遊を見られた。今はそっちのほうが問題だ。

これは少し厄介な展開になったな。

「っ……油断しました……」

いまさら取り繕っても遅いと思ったのだろう。胡桃はそう言って顔をしかめると、僕の膝の上に座ったまま、敵意を隠そうともせず鋭い視線を七々扇に向ける。

「なんですか。誰ですか、あなたは」

「あいつは、二年一組の七々扇奈々だ」

割り込んでそう答えると、胡桃は驚いたような顔で僕に向き直った。

「え？　誰です？　なんで先輩が知ってるんですか。知り合いですか？」

「知り合い……ではない。なんというか、二年のちょっとした有名人なんだよ」

そう前置きをしてから、僕は胡桃に七々扇のことを軽く説明した。ナンパされた、とか言うと事態がややこしいことになりそうなので、ひとまず彼女のスペックについて。

七々扇奈々。西豪（さいごう）高校の二年生で、七々扇奈々の名を知らない者はいない。

彼女は、成績至上主義のこの高校で、入学直後からずっと学年一位の成績を維持し続けているという、バケモノみたいな生徒である。

文系、理系、定期試験、模試、なにもかも問わず、常にトップの成績を取っている。上位クラスの生徒が束になっても敵（かな）わないような超がつくほどの天才なのだ。

また、彼女は勉強だけでなく運動や芸術にも長（た）けていることでも有名である。

体力測定では学年どころか学校トップの結果をバンバン出すし、ピアノや美術のコンクールも出れば絶対に入賞すると言われている。というか、実際に入賞する。去年、何度も表彰式で名前を呼ばれていたので、七々扇の実力がただの噂でないことは間違いない。

絵に描いたような完璧超人。多くの嫉妬と羨望を集める存在。

それが、彼女。七々扇奈々である、と。

「……それで？　そんな天才さんが何の用があって来たんです？」

「いや、そこまではわからん。本人に聞いてみないと……」

視線で話を振ると、七々扇はニヒルな笑みを浮かべていた。

「ご紹介どーも。活躍を知られているっていうのは、芸能人みたいで悪い気分じゃないね」

余裕を見せつけるような顔。こっちは非常に悪い気分である。

こいつは本当に、僕に会うためここに来たのだろうか？

七々扇の顔から考えていることが読めなくて怖い。なんだか、漠然と嫌な予感がする。

思考を巡らせていると、胡桃が僕の膝から飛び降り、七々扇の前へと向かった。

両手を腰に当てて胸を張り、毅然とした態度で闖入者と対峙する。

「ここは天体観測部の部室です。部外者は帰っていただきたいのですが」

「あれ？　部室でヤラシイコトしてた人たちが、部活の名前を盾に使っちゃうんだ？」

「うぐっ……それは……」

一言で黙らされ、顔を引きつらせることしかできない胡桃。

これは、仕方ないだろうな。僕らはがっつり不純異性交遊の現場を見られている。胡桃に関しては本来校則で禁止されているインナーカラーの染髪まで確認されてしまっている。

こちらが会話の主導権を握れる立場ではないのは明白だ。

ひとまず、ある程度は下手に出るしかない。機嫌を損ねてもいいことはなさそうだ。

僕は座っていた席から離れ、七々扇と胡桃の間に入るような立ち位置を取った。

「……七々扇。なにをしにここに来たんだ？」

「やあ。君、相変わらずカッコいいね。目つきは怖いけど」

漏れそうになる舌打ちを抑え、僕は聞く。

「僕に用事か？　用件があるなら早く話してくれないか」

「なんかあんまり歓迎されてないね。そんなに邪険にしないでほしいんだけど？」

「邪険になんてしてない。僕個人への話なら外で聞くから、一度出よう」

そう言って退室を促すが、七々扇は動こうとしない。

にやけたような顔のまま、その場に留(とど)まって話を続ける。

「ああ、もしかして、一昨日(おととい)の続きだと思ったの？　それは、ごめん。残念だけど、今日はナンパをしに来たわけじゃないんだよね。もっと大事な話をしに来たんだ」

「……それは、どういうことだよ」

「ふふっ。いい反応。今日はね、君たち二人に話があって来たんだよ」

僕ではなく、僕と胡桃二人への話。ますます嫌な予感が強くなってくる。

先程の会話から察するに、胡桃と七々扇に接点はないはずだ。田中さんのように天体観測部の元部員、というわけでもないだろうし、一体なんの話をしようというのか。

……もしかして……いや、まさか。

僕が警戒心を強めて睨んでいると、七々扇は軽く肩を竦めた。

「じゃあ、困っているみたいだし、単刀直入に用件を言おう。というか、聞こうかな」

そう言うと、七々扇は腕を組んで片手を顎に添え、すっと目を細める。

さて、なにが飛び出してくるのか。

不純異性交遊を脅しにした交際の強要など、言われそうなことを色々と考えていたのだが……彼女が発したのは、その中でも僕が最も聞きたくないと思っていたセリフだった。

「——君たちだよね？　学校に対して嫌がらせしてるの」

すぐ後ろで、胡桃がびくりと跳ねたのがわかった。

僕のほうも、喉奥がきゅっと締まるような感覚がした。

嫌な予感は予感で終わってほしかったが、どうやらそうはいかないらしい。

学校に対する嫌がらせ。こいつ、やっぱりそういう話をしに来たのか。

僕は薄々ではあるが、七々扇がテロについての話をしに来たのだとわかっていた。

天体観測部は、幽霊部員のみで構成された無名の部活。入部希望で七々扇が来たとは考えにくい。さらに言うと、七々扇は部活や生徒会などに属していないはず（これも有名な話だ）なので、部活動全体への諸連絡や廃部関連の話をしに来たという線もありえない。

となると、七々扇は天体観測部とまったく関係なくこの部室に来た可能性が高い。

加えて、彼女は僕個人ではなく、僕と胡桃に話があると言った。

ここまで情報があれば、さすがに察する。

七々扇はテロ行為の犯人が僕らだと気づいて、この部室に来たのだと。

まいったな。嫌な予感が的中してしまった形である。

「……先輩」

胡桃が不安そうな声を漏らしながら、僕のシャツを摘んできた。

わかった。ここは僕が相手をしよう。

とはいえ、どうしたもんかな。

七々扇がどこまで僕らのことを知っていて、僕らのことをどうしたいのかわからない。

おそらく、一昨日のふざけた逆ナンパは僕の様子を窺うためのものだったのだろう。

七々扇はペインティング晒し首の犯人が僕らだと予想している。なぜかはわからないが。

いやはや困った。どう立ち回ればいいんだ。

晒し首以外のテロについては、どこまで知っているのだろう。テロは同一犯だと推測しているだけなのか、それともすべて僕らの犯行だという証拠を掴んでいるのか。

わからない。とにかく、迂闊な発言を避けなくてはならないことだけは確かだ。

しばらく墓穴を掘らないことに徹しているしかない、か。

僕はわざとらしくならないよう、控え目に肩を竦める。

「なんのことかわからないな。人違いじゃないか?」

「しらを切るんだ? まあ、当然かぁ。そう簡単に自白できるようなことじゃないし」

へらっと笑いながら言う七々扇。僕らが犯人だと確信しているみたいな口ぶりだ。

でも、まだだ。うろたえるな。まだブラフの可能性が残っている。

逃げ道を完全に塞がれるまでは、隙を見せるわけにはいかない。

「変な言いがかりはやめてくれ。証拠があるわけでもないだろ」

「と、思うじゃん? そう言うと思って、証拠ならちゃんと用意してきてるよ」

……嘘だろ? 僕らの犯行は紛れもない完全犯行だったはずだ。

テロにおいて、物的証拠となるようなものは残していない。「サラシクビ」の文字だって、筆跡から犯人が辿れないよう、わざわざ定規を使ってカタカナで書いたのだ。

大丈夫。大丈夫だ。証拠があるなんて言っても、それが確固たる証拠とは限らない。

今一度、背筋を伸ばして七々扇と対峙する。

七々扇はニヒルな笑みを崩さずに、なぶるような視線でじっと僕を見つめていた。

「今すぐ証拠を突きつけてチェックメイト、でもいいんだけどさ。それじゃ、ちょっとおもしろくないよね。だから今から、ここまで辿り着いた私の苦労話を聞いてもらおうかな」

七々扇は鼻を鳴らすように笑い、悠々とした様子で語ろうとする。

正直、今すぐ追い返してしまいたいのだが……こいつが僕らの活動をどこまで知っているのかわからない現状、少しでも多くの情報を引き出したいという気持ちがあった。

僕は胡桃に目配せをして、七々扇の話にしばらく耳を貸すことにした。

「一番最初に君たちを知ったのは、はんこ事件のときだね。教師の暴言を模したはんこを上位クラスのテストに押すという犯行をしたでしょ。私はあのとき、君らに興味を持った」

消しゴムを使った暴言はんこは、僕らが最初に行ったテロだ。

たしか、僕は上位クラスの二年一組の小テストに落書きをしたはず。

そうか。あのとき僕らは、七々扇の在籍しているクラスに犯行をしていたのか。

「古川先生の筆跡を真似たっていうところから、おそらく古川先生が数学を担当していて、なおかつ下位クラスにあたる二年四組か五組の誰かが犯人じゃないかって目星をつけた」

「……なるほど」

「それから私は、学校で事件が起きるたびに一人で調査を進めた。『上位クラス様専用』って張り紙をしていたから、犯人は下位クラスの人間で確定。脅迫文の貼り方が一年生の校舎に近づくにつれて雑になっていたから、おそらく一年にも共犯者がいる、って具合に」

「それで、僕らが犯人だって思ったのか？」

「ううん。この段階では詳細はわからなかったんだ。犯人の特定には至れなかった」

そりゃそうだ。この程度で特定されたんじゃ、たまったもんじゃない。

「しばらく調査に難航してたんだけど、転機が訪れたんだ。この前の文化祭中で流れた暴言放送だよ。……あのとき君たちは、やーっと尻尾を出してくれた」

七々扇の瞳が不気味に細められる。

「継ぎ接ぎされた教師の暴言を聞いて、私は確信したんだ。あの録音データには偏りがある。数学を古川先生が、現代文を清水先生が担当しているクラスは二年五組しかない。放送室から二年五組の生徒が逃げていれば、間違いなくそいつが犯人だって思った」

声だけでどの教師の授業か判断し、データの分布からクラスまで特定したというわけか。

浅はかさを暴かれているようで気持ち悪い。

というか、彼女の情報処理能力の高さと僕らへの執着を、心から恐ろしいと思った。

「逃走経路として怪しいと睨んだのは、非常階段。あんな騒ぎを起こせば、普通に校舎から出ることはできないからね。暴言放送が聞こえた直後、私は上階に待ち伏せに向かった」

そんなに早く動けるのかと思ったが、七々扇が日頃から僕らの活動に注目していたこと、それから、彼女の聡明さと身体能力の高さを考えれば不可能ではないような気がした。

「そしたらビンゴ！　放送室付近を走る二年五組の生徒と、一年生がいた」

七々扇がまた、鼻息を漏らすように笑う。

「まさか屋上から飛ぶとは思わなかったけどね」

なんてことだ。そこまで見られているのか。

思っていたのと逆だったのだ。七々扇は夏休み前から僕と胡桃に目をつけていた。

そして、晒し首のテロを見て同一犯であると考えた、というわけか。

なるほど。……いや、まずい状況だな。脳内でそろばんを弾いても、ここからの反論が思いつかない。なにをどう言っても、その場限りの言い逃れでしかなくなってしまう。

考えれば考えるほど、僕の心拍数が上がる結果になるだけだった。

くそ、ダメだな。ごまかしようがない。なにも思いつかない……。

完全に一連のテロの犯人が僕らだとバレている。認めざるを得ない。

「証拠っていうのはね、待ち伏せ中に放送室の近くで撮った写真なんだ。ほら」

七々扇が一枚の写真を見せてくる。

そこには復讐モードの胡桃と、胡桃の手を引いて走る僕の姿が写っていた。

端にはしっかりと、日付と時間が刻印されている。

「あとは顔から名前を知って、身辺情報からアジトの特定に至ったってわけ。長い長い私の苦労話を聞いてくれてありがとう。二年五組の夏目蓮くん。一年六組の星宮胡桃ちゃん」

「………」

「嫌がらせをしていたって、認めてよ。そしたら君らのイチャイチャも、胡桃ちゃんが髪を染めているのも、学校へ嫌がらせしていることも、ぜんぶ黙っていてあげるからさ」

振り返ると、胡桃は僕のワイシャツを摘んだまま、不安そうに目尻を下げていた。

胡桃もなにも言い返せないか。……これは、降参だな。

僕らに弁明の余地なんて残っていない。ついでに選択肢も残っていない。

これは、腹を括るしかない。

僕は七々扇に向き直って、降参の意を示すため両手を軽く挙げた。

「……わかったよ。認める。学校へテロ行為を繰り返していたのは僕らだ」

「せ、先輩っ」

「胡桃。落ち着いて。ここまで知られているんだ。もう認めるしかないよ」

ここまで僕らのことを調べられているなら、隠したって仕方がないのだ。

証拠写真については、たまたま放送室の近くにいただけだと言い張ることもできなくはないが……あの写真は、復讐モードの胡桃が写っていることに問題があった。

胡桃が学校に残ると決めた今、インナーカラーの存在がバレているのはまずい状況だ。

変に突っぱねると、あとが怖い。僕らは引き続き下手に出るしかないのである。

「……それで？」

僕は七々扇を睨みつけながら尋ねる。問題なのは、この先の話なんだ。口ぶりから察するに、七々扇はまだ僕らのことを教師に報告していない。となると、要求や目的があってこの天体観測部に来たはずなのだ。

七々扇が僕らの活動に執着していたのはなぜなのか、聞かなくてはならない。態度だけは毅然と保ちつつ、僕は七々扇に向き直る。

「なにが目的なんだ、七々扇？　わざわざ探偵ごっこをするために来たのか？」

七々扇はきょとんとした顔をしたあと、大げさすぎるくらいに「あははっ」と笑った。

「面白いこと言うね。まさか。そんなわけないでしょ」

「わかってるよ、そんなこと。……早く言え。なにが目的だ？」

「ふふっ。やっと本題に入れるよ」

僕らをじいっと見つめながら、利発そうな目を細める七々扇。

さて、なにを言われるのか。

僕との交際強要……は、あの逆ナンパがテロの犯人である僕への接触を目的としたものだった時点で違うか。ならば、次のテストで手を抜け、とか？　いいや、それは僕らが下位クラスの時点で考えられないか。だとしたら金か。あるいは、個別の復讐依頼とか。どんな要求であれ断りたい。うまく折衷案を見つけられるといいが……。

思考を巡らせている中――あまりに予想外な要求が飛んできた。

「ねえ、私も仲間に入れてよ」

けろりと発せられたその一言で、部室内に沈黙が落ちる。

「……はあ？　なにを言ってるんだこいつは？　聞き間違いか？　そんなわけないよな。

「七々扇。それは、僕らのテロに加担したいって言ってるのか？」

「そうだよ？　仲間になりたい。君らのテロを手伝わせてほしい。そのまんまの意味」

胡桃が一歩前に出て、僕の横に並んだ。

「……仲間に入れてほしい理由は、なんですか」

「楽しそうだから」

「…………」

「…………」

その一言を聞いた瞬間、僕と胡桃はお互いに困ったような顔を見合わせた。

おそらく僕らは、同時に同じことを思ったのだろう。

端的に言えば、ふざけんな。

僕らはこの学校に対して恨みがある。おちゃらけたことをやっているように見えるかもしれないが、すべて風刺のつもりだし、本気でこの学校を変えるつもりで活動している。

学校に対して不満を抱いていないような人間を、仲間にするなんてありえない。僕らの活動を、上位クラスの生徒にお遊びとして消費されるのはごめんなんだよ。なにを言いだすかと思えば……金とかよりも、よっぽど嫌な要求だ。

「お断りします」

胡桃が一歩踏み出して、強い口調で拒絶する。

目尻が引きつっていて、表情には苛立ちが浮かんでいた。

「え、うそ？　断られると思わなかったな。私、けっこう優秀な人間だと思うんだけど」

「優秀とか優秀じゃないとか、そういうのはどうでもいいです」

「必ず君たちの役に立つけど、それでもダメ？」

「だから、そういう話じゃないんですよ。私たちは優秀なだけの仲間なんて求めてません」

心底驚いたような顔をする七々扇に対して、胡桃はそう言って首を横に振った。

胡桃の言うとおりだ。僕らは信念のもとに行動している。

個人の優秀さなんてどうでもいいし、さして重要な要素でもないのだ。

このまま引き下がってくれればいいのだが、さて、どうだろうか。

見ている限り、七々扇からは胡桃の言っていることを理解している感じがしない。

「んー、どうしたもんかなー？」

そう言って、七々扇は一度、黙った。顎に手を当て、思案するような顔でうつむく。

それから、僕を見て、胡桃を見て、また僕を見た。

そして、なにを思ったのか、一人得心したように「なるほど」と言って手を打った。

「わかった。そういうことなら、私もきちんと誠意を見せるよ」

「はい？　誠意ってなんですか」

そう聞き返す胡桃を無視して、七々扇は居住まいを正す。

頭でも下げるつもりなのか？　……なんて僕が呑気に思った、直後のことだった。

七々扇が半歩ですっと、僕のパーソナルスペースに入り込んできた。

そして、次の瞬間。

七々扇は細くて白い手を伸ばすと、僕の頭をがっしりと捕まえた。

「それじゃ、蓮くん。お手柔らかにお願いね」

「は？　なにを……え、七々扇、ちょっと待――んっ!?」

ぐい、と僕は七々扇のほうへと引き寄せられる。

整った顔が目の前に迫る。

身を引こうと思ったが、あまりに突然のことで足にうまく力が入らなかった。

そして――抵抗する間もなく、衝突。瑞々しい弾力が、僕の呼吸器官を塞いだ。

あまりにも奇妙な展開。だが、状況説明は非常に簡潔にできてしまう。

僕はキスをされた。突然、七々扇奈々に唇を奪われたのだった。

「んんっ⁉　ぷはっ……お前、なにして……んんっ⁉」

「ぷぁ……ごめんごめん、歯、当たったね。すぐ上手になるから……れぇ……」

「おい、違っ……そういう意味じゃ……んっ……っ……」

身を引き、離れようとするが、無駄だった。七々扇に頭を掴まれ、引き寄せられる。

逃げられないように押さえつけられたまま、僕はくちゅくちゅと唇と舌を貪られる。

七々扇のキスは、なんというか、凄まじかった。

口呼吸をしたくなる一瞬を突いて、僕は口内に舌を入れられた。唇の側面。頬の内側。舌の裏側。過敏で気持ちがいいところを的確に、そして巧みに舌先で刺激される。

情熱的で背徳的な胡桃のキスとは違う。相手を支配し、弄ぶようなキスだった。

「……んっ……ちゅう……あはっ。お目々がとろんとしてるよ？　蓮くんって……なんか、意外とかわいいところあるんだね……ふぅん……へぇ……んっ……れぇ……」

「ぷはっ……おいっ……マジでなにして、んっ……待て、離れろ……」

引き剥がそうとするが、七々扇の肩の上で手のひらが滑る。甘い快感で力が入らない。

その間にも、七々扇はねちっこく僕の弱いところを刺激し続けていた。

僕はいつまで七々扇の好きにされていればいいんだ。というか、なんだこの状況はっ。

目だけを動かして横を見る。口を半開きにして立ち尽くしている胡桃に助けを求める。

頼む！　見てないでこいつを止めてくれ！

ぽかんとしていた胡桃は、僕の視線に気がつくと、ふるふると首を振って正気に戻った。

「ちょ、ちょいちょいっ!!　なにしてるんですか！　離れて！　離れてくださいっ!!」

言いながら、胡桃は僕と七々扇の間に手を突っ込んで、割るように引き剥がした。

っぷあ、と艶めかしい音がして、濃厚な接吻が終わった。

僕と七々扇の唾液が伸びる。糸を引いて、宙に溶ける。

よかった。やっと開放された。口の奥が熱い。とんでもない体験だったな……。

「七々扇、先輩？　でしたっけ!?　いきなりなんのつもりですか!?」

「なんのつもりって……誠意を見せただけだよ？」

「キスをすることが誠意を見せることって、あなたどこの文化圏の人ですか!?」

激昂する胡桃に対し、七々扇は頭にクエスチョンマークを浮かべたような顔をしていた。

「ボスの蓮くんにキスしないと入れないグループなんじゃないの？」

「どういう誤解してるんですか!?　そんなわけないでしょ、破廉恥なっ!!」

僕らが破廉恥とか言えないだろ……と、思ったが黙っておく。話が面倒になるから。

僕は手の甲で口元を拭い、フーフーと猫みたいに威嚇している胡桃を下がらせる。

ここは僕が話したほうがよさそうだ。たぶん僕より胡桃のほうが冷静じゃない。

「……七々扇。仲間に入れてって話は、悪いけど諦めてくれ。僕らはふざけてこの学校に嫌がらせをしているわけじゃない。確固たる信念を持って行動しているんだ」

「そんなことわかってるよ。ずっと、君らの活動を追ってたからね」

「なら、断る理由もわかるだろ。楽しそうだから、なんて理由での加入は認められない」

「ええー。私もこの学校が嫌いだよ？　それでも入れてくれない？」

「信じられるわけないじゃないですか。あなた上位クラスですし」

胡桃が隣から、吐き捨てるように呟いた。まあ、僕も同意見だな。

七々扇は硬い表情の僕らを見ながら「ふぅ」と余裕な顔で息を吐いた。

「なるほどなるほど。そういうことなら、やっぱり私は誠意を見せないといけないのね」

「……二回目はさせませんよ」

胡桃が僕と七々扇の間に割って入るが、今回は誠意の意味がさっきとは違うらしい。

七々扇はその場で腕を組み、挑発的な笑みを浮かべていた。

「わかった。じゃあさ、私と賭け——いや、契約を結んでよ」

「……はい？」

胡桃の返事を待ってから、七々扇はとんでもないことを言い始める。

「この夏休み、私は西豪高校にテロを仕掛けることにする。私なりのテロリズムってやつを、君たちに見せてあげる。それでもし、君たちを唸らせるようなすっごいテロができたなら……そのときは、誠意を見せたってことで私を仲間に入れてくれない？」

「はあ……？　ふざけたこと言わないでください」

「ふざけたことなんて言ってない。むしろ、ふざけてないって証明するための提案だよ?」

沈黙が落ちる。胡桃の鋭い視線と七々扇の冷たい視線が交差する。

なるほどね。誠意を見せるためにテロを起こす。今度はそうきたか。たしかにテロを起こすのなら、さっきのキスなんかとは違って反抗の意思を持っている証明になるが……。

胡桃が鋭い視線のまま、七々扇に返す。

「唸らせるって、どういうことですか。ずいぶんと抽象的な基準ですけど。私たちが『大したことない』って言い続ければいいだけの勝負ですが、それでいいんですか?」

「別にいいよ? 大したことないなんて言えないようなテロを起こしてあげるから」

七々扇は目を細め、さらに挑発的な口調でそう言う。

この絶対的とも言えるような立ち振る舞いはなんなんだ。彼女の態度がテロに対する自信によるものなのか、それとも性格によるものなのか、僕にはよくわからなかった。

「すごいテロを起こせるなら、この学校が嫌いって証明になるよね? どうかな?」

「…………」

胡桃は僕と目を合わせ、そして俯く。

長考を経た後、七々扇を見て重々しく頷いた。

「……わかりましたよ。乗ってやります。ただ、条件があります。ここでの約束は他言しないこと。それから、夏休みが終わるまでに私たちが納得しなかった場合、私たちに関する記録をすべて消して二度と私たちに近づかないこと。この二つを約束してください」

「ん。オッケー。約束するよ。君らを唸らせるテロができたらちゃんと仲間にしてよ？」

「はいはい。わかりましたよ」

七々扇が快諾したことで、契約は成立となった。

僕としても、胡桃の出した契約条件に異論はない。

要は僕らが七々扇を認めなければ済む話。七々扇がなにをするつもりかは知らないが、僕らにとっては文句のない落としどころでの契約である。

暴言放送のときの写真を握られている以上、完全に七々扇を突っぱねることはできないのだ。形式だけでも双方合意の上という形に収めておくことは大事だろう。

……まあ、なにがあるかわからないから、いちおう釘(くぎ)は刺しておくけどな。

「じゃ、そういうことでよろしくね？　楽しみにしておいて。蓮(れん)くん。胡桃ちゃん」

「ちょっと待て、七々扇」

ひらひら手を振って去ろうとする七々扇を、僕は声をかけて止める。

ポケットからスマホを取り出して、ボイスメモのアプリを見せつける。

「今日の会話は録音させてもらった。さっきの証拠写真を学校に渡したり、僕らの存在を公にしたりするなよ。そのときは、ここでのお前の発言もぜんぶ公開するからな」

「君らの存在を公に？　嫌だなぁ。なに言ってるの。そんなつまんないこと、最初からする気ないから大丈夫だよ。君たちを告発したりはしない。その点については安心してよ」

僕らを失うのは、彼女にとってつまらないのか。なるほど。証拠写真で「仲間に入れないと学校に言う」と僕らを脅さなかったのは、そもそも犯人をバラす気がなかったからか。

納得していると、ゆらりと戻ってきた七々扇（ななおうぎ）にずいっと顔を覗（のぞ）き込まれた。

「蓮（れん）くんって、抜かりない人なんだね？　君のそういうところ、私、けっこう好きかも」

「好きっ……!?　んもーっ!!　なんなんですか！　早く出ていけですっ!!」

「呼び止めたのは蓮くんなんだけど？　あ、ちょっと。押さないでよもう……」

胡桃（くるみ）に追い出される形で、七々扇は天体観測部から退室していった。

まったく。食えないやつだ。七々扇という人間が、僕にはさっぱり読めなかった。

二章

昼休みが終わり、午後の授業となった夏期講習。

窓の外を眺めながら僕はふと、胡桃と初めて作戦会議をした日を思い出していた。

消しゴムはんこを使ったテロ行為。その計画を立てたときのことだ。

あの日も今日と同じで、よく晴れた夏の日だった。

梅雨の合間にある晴れ間を縫うように、僕らは校舎を出て買い出しに向かったのだ。

あの瞬間、僕らは間違いなく学校で、世界で、二人ぼっちで二人きりだった。


──ねえ、私も仲間に入れてよ。


そう言われたときはどうしたものかと思ったが、七々扇との接触は最終的に思っていたよりも悪くない形での着地となった。彼女を受け入れさえしなければ、僕らは元の形に……二人っきりの部室で、作戦会議とキスを繰り返していたあのときに戻ることができる。

とはいえ、安心できる状況でもないんだよな。厄介な事態に陥っていることは確かだ。

ついに僕らの活動の全容を知る生徒が現れてしまった。

いつ僕らの存在が公になって、学校から処分が下されてもおかしくない。

現状は、快楽主義で不遜な性格の七々扇に生かされているようなものだ。

最後、咄嗟に録音しておいた音声データで口止めはしたが……あの脅しに大した効果がないことは、七々扇にもバレているだろう。

あの録音データは「七々扇がテロを起こすと宣言した音声」であって、実際にテロを起こしたという証拠ではない。それに、七々扇は学年トップの上位クラスだ。間違いなく教師たちに贔屓されている。ちょっとやそっとのことじゃ、七々扇は処分されない。

一方の僕らは、もう実際に罪を犯してしまっているテロリスト。

暴露のし合いになったとき、どちらが大きい損害を被るかは火を見るより明らかだ。

……ダメだな。現状、僕らにできることは事態が好転するよう祈ることだけだ。

「………」

どうすることもできないことはわかっているけど、悩みはする。

小さなため息を吐きながら、僕は教室の隅の席から窓の外を眺め続けていた。

夏だ。深い青色の空には、大きな積乱雲が浮いている。

びっくりするぐらいに真っ白だった。答えも道標も、どこにも書いていなかった。

「お前、今の時点で進捗ゼロって、絶対に休み明けも終わってねえだろ。夏期課題の意味わかってる？　夏にやるから夏期課題だぞ？　チッ。わかんねえか、バカだし」

教室内では、今日も今日とてそんな怒号が飛んでいた。

七々扇が部室に来た翌日も、西豪高校の夏期講習は最悪の環境だった。

現在は課題の報告中だ。教師が生徒たちの夏期課題の状況を確認し、進捗が悪い者を説教という体で罵倒している。一人ひとり席から立たせ、一方的に暴言を浴びせている。

授業開始からすでに十五分が経過しているが、黒板は全面、汚れ一つない緑色。

どうかしてる。なにかを教えようという気がまったく感じられない。

「学校内で完結しているから安い！」というのが西豪高校の夏期講習の謳い文句なのだが、こんなクソみたいな内容なら夏休みの間だけ予備校にでも通ったほうがマシだろうな。

本当に、馬鹿馬鹿しい。なにが馬鹿馬鹿しいって、夏休みという休暇期間に追加料金を支払って夏期講習を受けているのに、いつもと変わらない授業内容なのが馬鹿馬鹿しい。

暴言も差別も授業のボイコットも、すべてなくなればいいのに。

やはり、この学校は根っこの部分から、なにもかも間違っている。

「皆さんは夏期課題を計画的に進めるように。それでは授業を始めます。五ページを開いてください。前回、下位クラスの皆さんには解けなかったこの問題ですが――」

着席したクラスメイトたちが、授業の準備を始める。

変に目をつけられても面倒なので、僕も渋々、薄いテキストを開く。

「……ん」

そのとき、ポケットでスマホが震えた。

授業中だが、ちょっとくらいスマホを見ても教師に気づかれることはないだろう。

机の下でスマホを取り出して、なんの通知が届いたのかをこっそりと確認する。

新着メッセージ。黒猫のアイコン。胡桃（くるみ）からだった。

『校門の近くにいます』

スマホの左上を見ると、時刻は午後の二時過ぎ。約束の時刻の少し前だった。

どうやら胡桃は、予定より早めに校舎を出ることにしたようだ。

こんなクソ暑い中、外で長時間待たせるのは申し訳ない。熱中症の危険もある。

教師のうるさいお説教タイムも終わったことだし、僕も行動することにしよう。

問題文の板書が始まって、筆記の音しかしなくなった教室内。

僕は一人立ち上がり、やや声を張ってこう言った。

「先生。体調が悪いので早退してもいいですか」

教室後方で声を出した僕に対し、クラスメイトたちが一斉に視線を向ける。

そんなたくさんの視線の最奥。教師もまた、板書の手を止めてゆっくりと振り返る。

「体調が悪いだと？　お前、嘘（うそ）じゃないだろうな」

「……証拠がほしいなら今から吐きますけど」

「チッ。邪魔だからさっさと帰れ」

それが病人に対する態度かよ。教師としてだけでなく、人間としても終わってるだろ。

僕は荷物をまとめてバッグを担ぎ、後方のドアから教室を出た。席を離れるとき、隣の席に座っている田中(たなか)さんに小声で「大丈夫？」と聞かれたが、軽く頷(うなず)いて返しておいた。

大丈夫に決まってる。仮病だからな。

西豪(さいごう)高校の夏期講習は、いちおう任意参加だ。出席が単位に関わったりはしないため、体調不良を訴えればすぐに帰らせてもらえると踏んでいた。予想どおりでよかった。

人の気配がまったくない、がらんとした廊下を歩いていく。

階段を降りて、下駄箱(げたばこ)に向かい、靴を履き替えて外に出る。

肌が焦がされるような炎天下。

梅雨ですべての雨を使い果たしてしまったかのように、空はよく晴れていた。

校門の付近まで行くと、植木の影に隠れている胡桃を見つけた。

「悪い。暑い中で待たせたな」

「おお、先輩。やっと来ましたか」

僕が声をかけると、胡桃はひょっこりといった感じで影から出てきた。

インナーカラーをヘアピンで隠した黒髪モード。肩にはバッグをかけている。

連絡がきた時点で察していたが、胡桃のほうも無事に早退することができたらしい。

「……誰にも見られてなさそうですね。それじゃ、駅まで歩きましょうか」

「うん。早く行こう」

二人で並んで、通学路を歩く。

僕と胡桃(くるみ)は今日、二人で学校を抜け出すと決めていた。

今後、七々扇(ななおうぎ)とどう接していくか。その作戦会議をするためだ。

七々扇本人にバレている天体観測部の部室は、作戦会議の場所として使いたくない。

となると、どこか場所を借りるしかないのだが、たくさんの生徒が下校する放課後に二人で寄り道をしていたら、誰に見られるかわからない。これ以上、僕と胡桃に関係があることを学校の人間に知られたくないため、そういう不用意な行動は避けなければならない。

考えに考えた結果、二人で早退して時間を作り、作戦会議をすることにしたのだった。

「そういえば、結局どこで会議をするのかは考えたのか？」

「考えましたよ。というか、早退の計画をお話しした時点で考えてました」

そうなのか。まあ、場所くらいどうとでもなるか。カラオケでも寄ればいい話だ。

そんなふうに気軽に考えながら歩いていたら、真横から強い視線を感じた。

見ると、胡桃が悪戯(いたずら)っぽい笑みを浮かべながら、僕をじーっと見つめていた。

「……なんだよ？」

「会議の場所、どこなのか聞かなくていいんですか？」

胡桃は背伸びをして僕の耳に口を寄せると、囁(ささや)くような声でこう言った。

「私の家ですよ。今なら、二人っきりになれるので」

……ちょっと待て。それは予想外だ。

いつかのように、夏の熱気の中に胡桃の甘い吐息を感じた。

＊

直射日光とアスファルトの照り返しに挟まれながら、通学路を歩いていく。

飛行機雲を眺め、どれほど進めば下をくぐれるか考えていたら、いつの間にか駅だった。

「もしかしたら先輩は定期券外かもしれません。そんなに遠くないですけど」

「ああいや、気にしなくていいよ。そのくらい」

「行き先を言ってなかったですけど、電車賃とかあります？」

「大丈夫だと思うよ。ある程度チャージしてあるし、財布も持ってきてるから」

「そうですか。なら平気ですかね。行きましょうか」

ＩＣカードをタッチして、改札を抜ける。

タイミングよくやってきた電車に乗り、しばらく揺られる。

ターミナル駅で乗り換えをして、また揺られる。

胡桃に連れられるがまま、知らない路線の知らない電車に乗る。

行き先は決まっているのに、当てのない旅をしているような感じがした。

なんか、ちょっと楽しいな。冒険心をくすぐられ、僕は不思議な高揚感を抱いていた。

しかし、どうやら胡桃（くるみ）は僕よりもさらに気分が高まっているらしかった。

電車で隣の席に座っている胡桃が、にやっと笑いながら僕にこんなことを言ってきた。

「なんかこれ、駆け落ちしているみたいでドキドキしますね」

「駆け落ちって。それは、ちょっと表現が大げさすぎないか？」

「そうですかね？　大げさじゃないですけどね。私にとっては」

僕の肩に寄りかかるように、胡桃が頭を預けてくる。

胡桃はそのままの体勢で、髪の中のヘアピンを抜いてインナーカラーを解放し始めた。

特に拒絶する理由もないので、僕は無抵抗でぼうっと対面の窓を眺めていた。

気づけば、線路の両脇に田んぼが広がっていた。点在している家はほとんど瓦屋根だった。遠目には青空を背景にした山々が見える。典型的な田舎景色になってきた。

深い緑と鮮やかな青。彩度が高い。見ていると目に突き刺さるようだった。

胡桃と二人、電車に揺られながら狂おしいほどに濃い夏の色に誘われ、進んでいく。

窓の外にも電車の中にも、ほとんど人はいなかった。

僕らと同じような存在は、どこにもいない。

そうか。僕らは今、誰にも邪魔されず、やりたいことをやりたいようにやっているのだ。

駆け落ちっぽいかはわからないが……たしかに、背徳的とは言えるのかもしれない。

最終的に僕らが降りたのは、今にも朽ち果てそうなほどにボロい無人駅だった。

胡桃と一緒に、ほぼ野ざらしのホームに降り立つ。

後方で電車が僕らを置いて去っていった。森と田園の静かな田舎の景色だけが残る。

「胡桃ってこんなところに住んでたんだな。知らなかった」

「いいえ、私のお家(うち)は、もうちょっと東京に近いとこですよ。普通の住宅街です」

「え？　どういうこと？　胡桃の家に行くって話じゃなかったのか？」

胡桃は僕を見てにやりと笑うと、それっきりなにも言わなくなった。

なんだよ。目的地に着くまで秘密にするつもりかよ。気になるじゃんか。

まあ、楽しみに待っていればいいか。なにが待ち受けているかは知らないが、取って食われたりはしないだろう。……別に、胡桃になら取って食われてもいい気もするし。

雑談をしながら、田舎の風景を歩くこと二十分。

細道に入ったあたりで、胡桃が「着きましたよ」と言って立ち止まった。

そこは、ここまでの道で見てきた家々よりも、さらに一回り古めかしい民家だった。

瓦屋根と障子。見た者に懐かしさを抱かせるような、和風の一軒家だ。

「ここが胡桃の住んでいる家なのか？」

「いいえ。こちら、私の親戚が経営している古民家カフェです」

「あ、そうなのか。どうりで綺麗(きれい)だと思った。……僕らはここに、お茶をしに来たのか？」

「んーん。違いますよ。とりあえず入ってください」

胡桃がポケットから鍵を取り出してドアを開ける。ガラガラと鳴る引き戸だった。

靴を脱いで玄関に上がりながら、胡桃がさっきまでの会話の真相を語る。

「実は私、夏休みの間だけ一人暮らしをさせてもらってるんですよ。親戚のおばさんが『暑いとお客さんが来ないからカフェは休業する』って言うので、貸してもらいました」

なるほど。それで「今なら、二人っきりになれるので」なんて言ったのか。

「話が嚙み合わないと思ったら、途中から実家の話とごっちゃにしてたんだな」

「そゆことです。困惑している先輩がかわいくて、からかっちゃいました。てへ」

小さく舌を出す胡桃。かわいいのはお前だ。寛大な心で許してやろう。

正直、僕は、胡桃の実家に行くことにならなくてほっとしていた。

胡桃の親に会ったとき、胡桃とどんな関係だって言えばいいのかわからなかったから。

共犯者だなんて言えるわけがないし、彼氏だと言っても嘘になる。だからといって、ただの友達とか先輩後輩の関係とか言うのも癪……というか、なんか嫌だった。

嚙み砕けない感情がある。胡桃にすらわかってもらえないような感情かもしれないが。

脱いだ靴を丁寧に揃えて、僕は古民家にお邪魔させてもらった。

廊下にずらりと、白いふすまが並んでいる。

胡桃が手前を開けると、木製床の広い居間が広がっていた。

内装は意外と、普通のカフェっぽい。机や椅子などの家具は、現代風の温かみのあるデザインで揃えられていた。テーブル席は二人用のものが三セットあるだけだが、キッチンの前にはカウンター席がいくつか並んでいて、客はそれなりの人数が入れそうだった。たぶん改装したのだろう。古民家らしさを残しつつも、適度にしゃれた感じの店だった。

「今エアコンつけますね。どうぞ。そこらへん適当に座ってください」

「ありがとう。なんか初めて天体観測部で会ったときのこと思い出す会話だな」

「あはは っ。たしかにそうですね。あ、飲み物はコーヒーでいいですか？」

「うん。お気遣いなく」

胡桃がキッチンで作業し始めたので、僕はすぐ前にあるカウンター席に着いた。い草のランチョンマットが敷いてある。こだわりを感じるカフェだ。

「せんぱーい。ガムシロはいくつほしいですかー？　あと、ミルクいります？」

「両方なくていいよ。ブラックでいい」

「うわ、大人ぶっちゃってますね。私は三個ずつ入れよ」

入れすぎだろ、とツッコむ間もなく、木製トレーでアイスコーヒーが運ばれてくる。胡桃はコースターを敷いてグラスを置くと、僕の隣の席にすとんと座った。

「はい、どーぞ。お待ちどお様です」

「ありがとう。喉が渇いてたから助かる」

冷たい苦味を喉に通す。コーヒー通でもなんでもないが、味は悪くないと思った。

さすがカフェだな。……これが店で出しているものと同じコーヒーなのかは知らないが。

グラスを置いて、がらんとした店内を振り返りながら、僕は言う。

「なんか、ちょっとした贅沢だな。カフェを貸し切りにしているみたいだ」

「実際に貸し切りにしてるんですすって。夏休み中は、完全に私の一人暮らしなので」

そこで、胡桃がグラスに口をつけたまま「あっ」と声を漏らした。

「ねえねえ、先輩。せっかくですし、夏休みの間はずっとここを活動拠点にしましょうか。

学校全体で部活が休止なのに、私たちだけ部室で会うのはやっぱり危ういですし」

「たしかに。昨日みたいなこともあったら嫌だしな。胡桃がいいならここを拠点にするか」

「オッケーです。ちょっと通うのは面倒かもですけど、それは我慢してくださいね」

駅から徒歩二十分くらい、なんの問題ない。交通費についても、毎日の食費をほんの少
し抑えるだけでなんとかなる程度だし、そこまで気にする必要はないだろう。

「よしっ。それじゃ、活動拠点はここでいいとして。そろそろ本題に入りましょう」

目下、僕らが解決しなくてはいけない問題は、拠点なんかよりも七々扇の存在だ。

胡桃がバッグから復讐ノートを取り出して広げ、居住まいを正す。

「七々扇先輩、どうしますかね……。現状は様子を見ているしかない感じですかね？」

「うん。そうじゃないかな。七々扇がなにをするつもりかは知らないけど、僕らを通報す

るような素振りはないし。様子を見て、夏の終わりに追い返すしかないと思う」

「ですよね。うーん、でもなんかモヤモヤするんですよねぇ……」

ぐでーっと、机に身を投げ出す胡桃。

気持ちはわかる。完全に目の上のたんこぶ状態だからな。

「私たちのテロを上位クラスのお遊びにされてたまるかって話ですよ」

「まったくだ。それは僕も完全に同意見だよ」

学校が嫌いと口では言っていたが、七々扇と僕らには大きな違いがあると思う。

要は、愉快犯とテロリストの違いだ。

僕らは退屈を紛(まぎ)らわせるためにテロをする愉快犯じゃない。

なにを言っても無駄な相手に対して、信念を貫き通そうとするテロリストだ。

ここ数日で接した七々扇からは、衝動や激情のようなものが感じられなかった。飄々(ひょうひょう)としていて、楽しそうなことが好き。そんな愉快犯のような人間にしか見えなかった。

僕らと七々扇は、考え方からして相容(あいい)れないのだと思う。

結露の水滴がついたグラスを傾ける。ブロック状の氷がカランと揺れる。

僕は、七々扇への苛立(いらだ)ちとともに浮かんだ一つの案を口にすることにした。

「……胡桃。僕らは僕らで学校へのテロを続けよう」

「え？　ああ、はい。最初からそのつもりでしたけど」

きょとんとした顔をする胡桃。

しまった。思考が先走りしすぎて、言葉に意図が乗らなかった。

「ごめん。今までよりも精力的に活動していこうって言いたかったんだ」

「精力的、ですか。具体的には今までとなにを変えるんです？」

「そうだな……『七々扇よりも大きなテロを実行する』という目標で活動しないか？」

説明した瞬間、机にくっついていた胡桃の上半身がむくりと上がった。

「なるほど。そういうことですか」

「七々扇は僕らを唸らせるテロをするって言った。僕はあれが気に食わなかったんだよな」

「ですね。私もムカつきました。完全に私たちのことを舐めてます」

胡桃が唇を尖らせながら頷く。

「だから七々扇先輩を超えるテロをやるってわけですか」

「うん。だけど、ムカついたからって理由だけじゃないよ。『唸らせるテロをする』って言ったからには、七々扇は僕らよりすごい活動をしなきゃだろ？　ってことは、僕らが大きなテロをやれば、それだけ七々扇のテロのハードルも上がると思うんだ」

「たしかに。『私たちのテロよりすごくないですね』って言えばいいってことですよね」

「そう。約束した以上、反論できないような結果があれば七々扇も手を引くはず。僕らが大きなテロをすれば、結果的に七々扇の仲間入りを断りやすくなると考えてる」

「なるほどですね。唸らせたとか唸らせてないとか、そんな感じの言い合いになったりしても面倒ですし、本当のテロってやつをきっちりわからせてやったほうがいいですね」

七々扇を超えるテロをするというのは、僕らの目的から外れているようで外れていない。

上位クラスの奴(やつ)らに、僕らの叫びと衝動を突きつける。お遊びじゃないってわからせる。

それは間違いなくテロを働くようになった動機の一つであり、僕らの本懐でもあるのだ。

「僕らは本気でこの学校が嫌いで、めちゃくちゃにしてやりたいと思っている」

「はい。そうですね。私たちにあるのは生半可な衝動ではありません」

胡桃の顔に意地悪な笑みが浮かぶ。

「いいですね。当面は、七々扇先輩を超えるテロを起こすことを目標にしましょう！」

「じゃあ、決まりってことで。七々扇に僕らの真剣さを見せつけてやろう」

「はいっ！　楽しくなってきました！　それじゃ先輩、早速、作戦会議しましょっか！」

＊

作戦会議に熱中していたら、いつの間にか夕方になっていた。

僕も胡桃もお腹(なか)が空(す)いてきたので、二人で近所のスーパーへ買い出しに行った。

胡桃が「なにか作ってあげますよ」と言うので、お言葉に甘えさせてもらうことに。

献立の相談なんかをしながら、のんびり買い物をした。やたらと聞き馴染みのあるBGMが流れている店内をゆっくりと回り、僕が荷物を持って家まで帰った。

食材を冷蔵庫にしまって、二人で献立を考えて、胡桃が調理を始める。

そんなこんなで時間は過ぎて、胡桃が料理を作り終えたのは六時近くだった。

僕らは二人用のテーブル席のほうに座って、夕食兼任の昼食をいただくことにする。

「はい、どうぞ。召し上がれ先輩」

「作ってくれてありがとう。いただきます」

合掌し、二人同時に箸を取る。

メニューは、豚の生姜焼き。キャベツの千切り。それから、ナスの味噌汁と白ごはん。

空腹の時間が長かったこともあって、かなり食欲をそそられる。

生姜焼きを一枚、口に運ぶ。一緒に白米を食べて、味噌汁にも手をつける。

おいしい。けど、それだけじゃない。

甘い？　……いや、違うな。なんだか不思議な味がした。

深みがあるというか、温度とは別の温かさを感じるというか。

僕が普段食べている、店の料理や出来合いの惣菜とは明確に違う。

おいしくて、温かくて、体の芯から満たされる。そんな味だと思った。

「もしかして胡桃(くるみ)って料理が得意だったりするのか？」

「んー、普通だと思いますけどね。レシピどおりに作るだけですし」

空腹は最高のスパイスとやらで、いつもの食事よりおいしく感じているだけだろうか。

味の秘密を探るべく黙々と食べ続けていたら、「ふふっ」と胡桃の笑い声が聞こえた。

「先輩って、そんなにたくさん食べる人でしたっけ？」

「ああ……どうだろう。そんなに食べてた？　夢中で食べてたからわかんないや」

「えー。嬉(うれ)しいこと言ってくれますねぇ。特別におかわり持ってきてあげますよ」

やたらと上機嫌な胡桃が、空になった僕の皿を持ってキッチンに向かう。

結局、僕は二回ほどおかわりをして食事を終えた。

胃はけっこう膨れていたはずだが、よそってもらった料理は自然とお腹(なか)に収まった。

向かい合ったまま、また二人で合掌し、食事を終える。

「ごちそうさまでした」

「はいっ。お粗末さまでした」

本当においしかった。人生で最も有意義なご飯だった気がする。

そのあと僕らは、デザートとしてアイスを食べたり、手分けして食器を洗ったりした。

ゆっくりと過ごしていたら、窓の外が少しずつ暗くなってきていた。

気づけば、時刻が七時を過ぎている。

「もうこんな時間だ。胡桃。僕はそろそろ帰ろうかな」

「え、もうですか？　まだいてもいいのに。門限、厳しいんです？」

「いいや？　別に厳しくないよ。というか、門限とかは小さいころからない」

「へえ。ゆるい感じのお家(うち)なんですね」

「違うよ。両親がたまにしか家に帰らないから、そういう決まりができなかっただけだ」

「あ、そうなんですか？　ふーん……」

胡桃の声のトーンが落ちる。こんな暗い話、するべきじゃないか。

「終電がなくなりそうだから帰ったほうがいいかなって思ってさ」

「え？　七時ですよ？　さすがにまだまだありますよ」

「知らない土地だから余裕を持って帰りたいんだよ。田舎は電車の本数も少なくて怖いし」

本当に田舎のほうだと十時くらいが終電になる駅もあるしな。

胡桃に改めて「ごちそうさま」と告げ、僕は席を立って玄関に向かった。

靴を履く。バッグを担ぐ。ポケットに手を入れて、貴重品があることを確認する。

大丈夫そうだ。忘れ物はない。

帰ろう。もうすぐ日が落ちきる。完全な夜道になってしまう。

「それじゃ、胡桃。ご飯、ごちそうさまでした」

ドアに手をかけて出ようとしたところで、胡桃（くるみ）が居間から見送りに来てくれた。

「道は覚えてるから、駅までは送らなくて大丈夫だよ」

先手を取ってそう言ったのだが、背後にいる胡桃は無反応だった。

「…………」

振り返って見ると、硬い表情がそこにあった。

別れが淋（さび）しい、という感じではない。

胡桃は疑うように悩むように眉根を寄せて、じっと僕を見つめていた。

「なに？　どうしたの？」

「……ねえ、先輩。ちょっと思ったんですけど、帰る必要なくないですか？」

「は？　帰る必要がない？」

「家に誰もいないなら、帰らなくてよくないですか？　もう少しいてもいいでしょ」

「いや、だから、終電がなくなりそうだから帰るって話をしただろ」

胡桃がむっと唇を突き出す。

「それはわかってますよ。……別に、終電もなくなっちゃえばいいじゃないですか」

「こんな田舎で僕に野宿をしろと？」

意味がわからず固まっていると、胡桃は頬（ほお）を赤らめながら、ぷい、と顔を逸（そ）らした。

そのまま、明後日（あさって）の方向にぽいっと投げるみたいな口ぶりでこう呟（つぶや）く。

「泊まっていけばいいじゃないですか、って言ってるんですよ」

「………」

マジかよ。そういうこと言ってたのかよ。……わかんねえよ。

なんとなく前髪を弄りながら、僕は考える。

言ってることは、わかるのだ。胡桃の言い分は正しいと思う。

僕の家に家族はいない。帰らなくても怒られない。というか、誰にも気づかれない。

そして、この家は胡桃の一人暮らしだ。親御さんとか、迷惑をかける相手はいない。

胡桃が許可を出すなら、僕はここに泊まったっていいのだ。

……いや、でも、な。女の子の家にお泊まりだぞ。しかも二人きりだ。

あっていいのか、そんなこと。許されるのか、色々と。

「せ、先輩。なんか言ってくださいよ。恥ずかしいんですけど」

考え込んでいたら赤い顔で急かされた。わかった。決めよう。結論を出そう。

一分以上続いた激しい脳内会議の末に、僕が出した答えは……。

「……年頃の男女が一緒に寝泊まりは、さすがに問題があるんじゃないか？」

胡桃から「はぁーぁ」と、落胆と失望の塊みたいなため息が漏れた。

「先輩の日和癖はまだ直ってなかったんですね……」

「いや……だって、お泊まりだぞ？　さすがに思うところあるだろ」

「あー、もういいです。仕方がないので、素直にさせてあげますよ」

ジト目の胡桃(くるみ)が、ゆらゆらと近づいてくる。

胡桃は靴下のまま、たたきに下りて——一切の淀(よど)みのない所作で、僕の唇を奪った。

「んっ。……んちゅ……ったく……手間のかかるせんぱい、です……んっ……」

唇を唇で揉(も)むような、熱っぽくて激しいキスをされる。

「んっ……ちょっと……なんだよ急に……」

「はいはい。ちゅ……うるさいですよー。静かにしててくださいねー……れぇ……」

瑞々(みずみず)しい舌と唇に蹂躙(じゅうりん)されながら、僕はじっとしていた。

吐息がくすぐったくて、回された手の力が強くて、無抵抗でいるしかなかったのだ。

名誉のために言っておくが、期待していたとかではない。断じて違うからな。

「んー、ぷあっ……」

胡桃が吸い上げるような動きで唇を離して、キスが終わる。

熱い。頭は火照っているのに、僕の思考はクリアだった。クリアにさせられた。

「はぁ……はぁ……いきなりなんなんだ……」

「ん……先輩が悪いんでしょ……」

顔が近い。黒水晶みたいな胡桃の瞳に、心の奥を覗(のぞ)かれる。僕は逃げられなかった。

「で、先輩？　本音をどうぞ」

「………。……もう少し胡桃と一緒にいたいから泊まろうかな」

「ふっ。住んでいいですよ」

「………。……なんでもありじゃねえか。

そうかよ。わかった。こうなったらもう、なにもかもお言葉に甘えさせてもらおう。

細かいことなんてどうでもいいや。僕らに常識なんていらない。そう決めただろ。

僕は靴を脱いで、再び胡桃の家に上がった。

バッグを部屋の隅に寄せる。ポケットから財布とタバコを取り出して、机の上に置く。

ネクタイを緩めて外す。ワイシャツのボタンを一つ開ける。

そんな僕のことを、胡桃がずっと、熱っぽい視線で見つめていた。

「ふふっ。……先輩、観念してくださいね？」

「観念って、なに？」

「布団は二つありますけど、先輩のは出してあげませんからね」

「いや、なんでだよ。変な意地悪しないでくれ」

「またまた。安心してください。こんなこともあろうかと、ちゃんと準備がありますので。

恥ずかしかったけど、我慢して買ってきたんですよ。サイズは知らないので適当ですけど」

は？　恥ずかしかったけど我慢して買った？　サイズ？

……え、そういうこと？

「………。胡桃、本気で言ってるのか？」

「不純異性交遊は立派な反抗ですって、二人でそういう話をしたじゃないですか」

したけど。したけど、マジでそういうことなのか？

僕の心臓がどくりと鳴る。頬がこれ以上ないくらいに熱くなっているのがわかった。

胡桃の体から、目が離せない。華奢な肩幅。控えめに存在を主張する胸。太くもなく細くもない、艶やかな太もも。どれも眩しくて、見ていたら網膜が焼けてしまいそうだった。

僕は無理やり口を動かして、最後の理性を振り絞って胡桃に言う。

「……そういうのは、本当に大切な人とするべきじゃないか」

「私にとって先輩は、この世で一番、人生で一番、本当に大切に思っている人ですけど？」

胡桃が、無邪気さと妖艶さを混ぜたような笑みを浮かべながら迫ってくる。

「それとも、あれですか？　先輩にとっての私は、そうじゃないんですか？」

「……僕にとっての胡桃も、そうだよ。本当に大切な人だ」

「だったら、いいじゃないですか。これは私の意思で、私たちの意思でもあるわけです。私たちのシたいことが世に溢れかえっているごく普通の行為だとしても、私たちは自らの衝動のみに従って二人で落ちるんです。それはとても価値のあることだと、私は思います」

小難しい胡桃の発言。だが、言葉の意味はなんとなく理解できた。

嫌がらせじみた反抗だろうが、不貞行為だろうが、陳腐な愛の証明だろうが、僕らが僕らの意思でやりたいと思ったことには、ただそれだけで価値がある。

世間も、他人も、常識も、なにもかも気にするだけ無駄。どうでもいいということ。

胡桃が、潤んだ目をゆっくりと細め、僕の頬に手で触れる。

「先輩。観念してください」

「……ああ、もう。わかった。わかったよ」

首筋に手を回され。吐息で耳をくすぐられ。

布団に押し倒され。腹の上に乗られ。丁寧にボタンを外され。

僕の側(そば)には、確かな質量があった。

「ねえ、先輩？　朝まで二人っきりですけど、どこまでやっちゃいましょうね？」

かつてないほどに頬を赤らめて言う胡桃から、僕は目を逸(そ)らすことができなかった。

八月の初旬。僕は、この世界が生々しい現実であることを実感した。

日が落ちてからのほうが暑い夏の日があることを初めて知った。

僕らに健全さなんて残っていない。この一幕には、言葉遊びもオチもない。

単純に、僕と胡桃は指を絡めながら行くところまで行ってしまったのだ。

ただ、それだけだった。

＊

言いようのない蒸し暑さで目が覚めた。

時刻を確認しようと思って視線を動かすが、いつもの方角に時計がなかった。

見慣れない木目の天井が、穏やかな陽(ひ)の光で照らされている。

ははあ、なるほど。僕は頭を抱える。

生々しい現実は、夢ではなかった。きちんと今日へと繋(つな)がっていたというわけだ。

「…………」

すべて思い出した。そうだ。僕は、胡桃(くるみ)の家で一晩を過ごしたのだった。

いや、一晩を過ごしたという言葉で終わらせてしまっていいわけがないのだが。

……まあ、やっちまったもんは仕方ない。なにを言おうとあとの祭りだ。

とりあえず起きよう。エアコンをつけないと暑くて死んでしまいそうだ。

そう思って布団から出ようとしたのだが、腹筋に力を入れても上体が動かなかった。

やけに体が重い。思えば若干だが呼吸も苦しい。なんだ？　僕の体はどうなっている？

僕は首だけ起こして、自分の体を確認する。

状況を理解した瞬間、眠りに片足を突っ込んでいた僕の意識は完全に覚醒した。

起き上がれなかったのは、胡桃が裸の僕の胸元を敷布団にして眠っていたせいだった。

「胡桃。おい、胡桃。起きてくれ」

「ん……にゃ……すぅ……」

「おーい。頼むよ。起きてくれ。僕が立てないだろ」

「ふぁぁ……なんです……？　朝ですか……？」

胡桃はゆっくりと上体を起こし、布団の上にぺたんと女の子座りをした。黒にアッシュが映えるボブカットの髪を軽く整えて、寝ぼけ眼をごしごしと手の甲で擦る。

「んにゃ。おはようございます。先輩」

「っ……お、おはよう」

無事に上体を起こすことができた僕は、目を逸らしながらそう返事をする。

顔を見てあいさつすることができなかったのは、主に胡桃の格好のせいだ。

胡桃はワイシャツを一枚羽織るだけのラフすぎる格好をしていた。右肩はほとんど出ているし、太ももに至っては見えてはいけない部分ギリギリまで剥き出しになっている。

なんという無防備さ。朝から刺激が強い。普通に目のやり場に困る。

……まあ、いいや。昨晩のことを考えたらいまさらだ。

それより、さっきから気になっていることがある。

「なあ胡桃。僕のワイシャツ知らない？　着ていたはずなのに見当たらないんだけど」

「ん、私が着てるやつですかね？　なんか肩とかゆるいですし、先輩のかも」

「じゃあ、間違いなくそれだな。……なんで胡桃が着てるんだ？」

「あー……私、ちゃんと服を着てないと寝られないタイプなんですよね」

だからって寝てる人の服を奪うなよ。僕が風邪を引くだろうが。

「お？ なんかこのシャツ、先輩の匂いがしますね。くんくん……」

「ちょ、待て待て嗅ぐな！ やめろ！ もう返してくれ！」

「あははっ。やだーっ。先輩が脱がそうとしてくるんですけどーっ」

ワイシャツの前を手で押さえて、閉じこもるみたいな体勢になる胡桃。

おい、どうすんだよ。そんなことされたら手出しできないじゃないか！

宙で手を止め困り果てる僕に、胡桃はにやにやと意地悪な笑みを浮かべて言う。

「あれぇ？ どうしたんです？ シャツ取り返さなくていいんですか？」

「……無茶言うな」

「昨日、散々見たくせに、脱がすのは恥ずかしいんですね」

「……うるさい」

今わかった。こういうのは慣れるもんじゃない。たぶん、いつまでも恥ずかしい。

胡桃はひとしきりけらけらと笑ったあと、僕のシャツを着たまま立ち上がった。

「それでは、先輩成分も補充できたことですし、そろそろ起きましょうかねー」

日光の差す窓に向かって腕を上げ、大きく伸びをする。

「先輩は先に顔を洗ってきてください。洗面所は廊下の真ん中らへんのドアにありますので、ご自由にどうぞ。シャンプーとかタオルとかも好きに使っていいですよー」

「あ、ああ。わかった。ありがとう」

「私は朝ごはん作ってきますね。なに作ろうかなぁ」

胡桃が軽い足取りでキッチンのほうに向かっていく。

去り際。後ろ姿。一瞬だけ布が舞って、もっちりとした白い膨らみが二つ見えた。

下着は確認できなかった。胡桃はマジでワイシャツ一枚でいるらしかった。

僕は、なにも見なかったことにした。

……というか、シャツ返せよ。

*

洗顔とシャワーを済ませて居間に戻ると、おいしそうな朝食が並べられていた。

ベーコンとスクランブルエッグ。ロールパンが二個。バターとジャムも置いてある。

席に着いて、入れ違いでシャワーを浴びに行った胡桃を待つ。

僕らは二人揃(そろ)ってから、いただきますをした。フォークを手に取る。「ふわふわでおいしい」だの「高い卵だったんですよ」だの、そんな会話をしながら食事を進めていく。

朝食の半ばごろ、話題がテロに関するものに移った。

「さて、これからどうしましょうかね。どんなテロやります？」

「七々扇と向き合う以上、生半可なことはしたくないよな」

「学校に犯人がバレないようにするのが最重要ですし……うーん、難しいですね」

カチャカチャと食器の音だけが響く。今の時間だけじゃ、結論が出そうにないな。

「七々扇がなにかやったのを見てから、後出しでそれを上回るようなテロをやるのが一番なんだけど……せっかくなら先手を取りたいよな。ムカつくし」

「ですよねー。私たちにもプライドってものがありますからね」

とはいえ、雑なテロはやりたくない。学校を変えるのが一番の目的だしな。

「なんのテロをやるかは、学校の状況を見つつなるべく早く決めることにしようか。たぶん、今の学校の様子を見て、僕らが学校に対してやりたいと思ったテロがベストな選択だ」

「タイムリーなテロが早くてセンセーショナルってわけですね。なるほど」

胡桃がロールパンをほっぺに詰め込みながら頷く。

横文字が多くてよくわからないが、まあ、たぶんそういうことだろう。

「とりあえず、これからも夏期講習には出続けよう。七々扇の様子も見たいし」

「ん、オッケーです。では、早く食べて準備しましょうか」

残りの朝食を手早く片づけ、僕らは登校の準備をした。

制服を着て、貴重品などをしまって、身支度を整えていく。

余談だが、僕はさっき胡桃が着ていたやつではなく、きちんと新しいワイシャツに着替えた。夏場は汗をかくので、いつもバッグに予備のシャツを入れているのだ。

清潔感を保とうとする自分の日頃の行いに助けられた形である。

さすがに二人でもみくちゃにしたあのシャツ着て登校できないからな。

いかがわしい香りがしてしまう。本当の意味で。

「私は準備できましたけど、先輩は？　忘れ物とかないですか？」

「僕も大丈夫。授業を抜け出して来てるから、スマホと財布くらいしか荷物ないし」

「それもそうですかね。じゃ、そろそろ行きましょうか」

バッグを担いで、二人で玄関に向かう。

戸締まりの邪魔にならないよう、僕はさっさと出るべきだろうな。

そう思い、先に靴を履いて、ドアに手をかけた、そのときだった。

「んっ」

背後からそんな声が聞こえた。振り返ると、胡桃が唇を尖（とが）らせながら僕を睨（にら）んでいた。

「なにその顔？　どしたの？」

「いやいや。わかるでしょ。先輩、行ってらっしゃいのチューがまだですよ」

わかんねえよ。まったくもって予想外の回答だ。

「……そういうのって、送り出す人がするんじゃないか？　僕らは同時に家を出るだろ」

「はー？　なにつまんないこと言ってるんですか！　そういうの関係ないです」

「いや、そんなに怒らなくても……」

「ほらっ、先輩。んっ」

ぷんすかしながらも、再び唇を突き出す胡桃。これは、絶対に引かない構えだ。

わかったよ。そこまで言うなら仕方ない。恥ずかしいけどやるよ。やればいいんだろ。

「ほら、屈んでるから早くしてくれ」

「よろしいです。ちう」

胡桃は僕の顎に手を添えると、そっと頬に口づけをした。

唇同士のキスじゃなくて戸惑う僕に、胡桃は頬を紅潮させながら言う。

「お口がよかったです？　それは……夜のお楽しみってことで……」

「……なに言ってるんだよ」

まるで、今日も僕がこの家に泊まると決まっているみたいな言い方だ。

まあ、別にいいんだけどさ。

＊

夏期講習の様子を見ながら過ごして、しばらく経ったある日のこと。

そろそろ次のテロの方針を固めないといけないと思っていたら、軽い事件が起きた。

三時間目。課題の進捗確認が終わり、やっとのことで授業が始まった、その直後。

僕のいる二年五組の教室は、一人の人間の不注意によって大きく荒れることになった。

「……おい。おい！　てめえなにしてんだよ」

男性教師にそう声をかけられたのは、僕の三席ほど先に座っている男子生徒だった。

こっそり覗き見てみると、彼がなにに対して怒られているのかすぐにわかった。

男子生徒は居眠りをしてしまっていた。ウトウト、というレベルではない。連日の疲れからか、彼はテキストを覆い隠すように机に突っ伏して、がっつり寝息を立てていた。

なるほど。そういうことか。

この学校を支配する差別的な法律――西高法において、居眠りはご法度中のご法度だ。

どれだけ態度がマシな教師であっても、居眠りだけは絶対に許さない。

強制的に起こしたあと、激しく叱責をし、なにかしらの罰を与える。絶対に。

廊下に立たせる。椅子の使用を禁止する。正座で授業を受けさせる。

それくらいの罰ならまだいいほうで、本当にひどいときは反省文を命じられたりする。

正直、ここらへんは教師の機嫌次第なのだが……さて、今回はどうなるのか。

固唾を呑んで見ていると、目の前の現実は僕が見てきた中で最も凄惨な展開となった。

「おい、起きろっつってんだろうが馬鹿がッ！　いつまで寝てんだよッ!!」

ガタガタドゴンと、迫撃砲が着弾したような轟音が教室内に響いた。

激昂した教師が、寝ている生徒の机を横薙ぎするように蹴り抜いたのだ。

机が倒れる。載っていたテキストと筆記用具が散乱する。

支えを失った男子生徒が、体勢を崩して投げ出されるようにして床に伏す。

教師はめちゃくちゃとなった足元に、追い打ちをかけるようにプリントをばら撒いた。

「なんなんだよ、お前。俺が時間かけて教えてやってんのに、なんでそんな態度でいられんだよ。つーか、お金払って講習に来てるのに、親に申し訳ないと思わないのか？」

「……すみません」

「いい。もう呆れた。顔も見たくない。やる気ないなら勝手にしろよクズが」

教師は手早く最低限の荷物をまとめると、教壇を降りる。

荒っぽい手つきでドアを開け、そのまま教室を出ていった。

ああ、出た。出たよ。この展開はあれだ、授業ボイコットだ。

呆れたのはこっちだ。正当性という皮を被ったつもりで、なにを言ってるんだか。

わかりやすいように、あえてそのまま返してやるよ。

生徒はお金を払って来てるのに、ボイコットして親に申し訳ないと思わないのか？

小中学生を相手にやるなら、まだわかる。授業を真面目に受けないことの深刻さを学ばせるためなら、ボイコットというのも教育の手段の一つではあろう。

だけど、ここにいるのは高校生だ。ある程度、自分で考える力が身についていて、いい意味でも悪い意味でも考えが固まってきた高校生相手にボイコットするのはどうなんだ。

しかも、今は任意参加の夏期講習中だ。事業として考えたらどうかしてるだろ。

生徒に対して怒りを発散するためのテンプレートな手段となっている。

教師のプライドを保つだけの行為でしかない。くだらない……。

そして教師の行動がテンプレートなら、生徒の行動もテンプレートだ。

「……全員で謝りに行きます。ついてきてください」

そう言う学級委員を先頭に、二年五組の生徒は大名行列のようにぞろぞろと教室を出る。

このあとは「寝てすみませんでした。真面目にやるので授業してください」……だろ？

もういいよ。この先の展開なんて、なにもかもわかりきってるだろうが。

誰のためのなんの時間なんだよ、これ。

「夏目くん。行こ」

隣の席で立ち上がった田中さんに、そう声をかけられる。

心の底から面倒くさいが、クラスで一人浮くわけにもいかない。

僕は渋々腰を上げて、列の最後尾からクラスメイトたちについていく。

廊下を進みながら、僕はこっそりスマホを取り出して胡桃に連絡をした。

『やりたいテロができた』

スマホをポケットに戻そうとしたら、すぐに返信があった。再びアプリを開く。

『大丈夫ですか？』

……おっと、これは。「どんなのですか？」でもなく「やりましょう」でもなく「大丈夫ですか？」ときたか。やるな。ちょっと不意打ちをくらってしまった。

傍から見れば不自然かもしれないが、僕らの中ではちゃんと筋が通っている会話だ。

まあ、学校にどれだけ不満があっても、胡桃が心配してくれるだけで僕は大丈夫だよ。

＊

有り体に言うと、僕と胡桃の同棲生活は順調に続いていた。

初めて泊まったあの日から、僕と胡桃は特に喧嘩をすることもなく、特にすれ違いを起こすこともなく、古民家で生活をともにしていた。

あるべきところにすっぽりと収まったように、学校外の僕らの生活は平穏だった。

「……もうこんな時間か」

夕方。茜色が暗い山々の向こうまで包んで覆っていくような夕暮れ時。

僕は縁側で夕涼みをしながら、遠くで流れる防災放送を聞いていた。

子どもの帰宅を促す、この地域特有の放送だ。

同棲を始めた直後、僕は「よい子は帰りましょう」という文言を聞いて、叱責されているような気分になっていたのだが、一週間近く続けて聞いていたらさすがに慣れた。

よい子ではない僕は帰らなくていいのだと、そう思えるようになった。

おそらくこれは、胡桃と出会う前にはすることができなかった思考だろう。

成長なのか、それとも退化なのか。

どちらでもあるような気がするし、どちらでもないような気もする。でも、どちらか一方であることだけはないような気がして、自分のことながらよくわからないなと思った。

きっと今日は疲れているのだ。そろそろ家に入ったほうがいい。

「せんぱーい。今って暇してますかー？」

ぶら下げていた足を室内に上げたところで、キッチンから胡桃が顔を覗かせた。

「暇だよ。なにすればいい？　風呂はもう洗ってあるよ」

「あ、家事の手伝いをお願いしたいわけじゃないですよ」

先手を打ったのに読みを外してしまった。なら、なんの用だろうか。

疑問に思っていると、胡桃が軽い足取りで僕の前までやってきた。

薄いシャツとドルフィンパンツの部屋着姿だ。

歩くたびに黒とアッシュの髪がぴょこりぴょこりと揺れている。

「えへへ。先輩、暇ならちょっと遊びましょうよ」

「え？　ああ、別にいいけど……遊びってなに？　なにするんだ？」

「ば、ばか。えっちなことじゃないですからね」

頬を赤らめた胡桃に軽く肩を叩かれる。なんだよ。僕はなにも言ってないぞ。

「そういう遊びじゃなくて。これですよ、これ」

胡桃が「じゃじゃん」と言いながら、後ろ手に隠していたものを見せてくる。

それは、やけにカラフルな見た目をした、お菓子のバラエティパックみたいな袋だった。

「どうですか、これ。けっこう大きいの買ってきました！」

「……ごめん、それなに？」

「えっ。嘘でしょ。花火ですよ。見ればわかるでしょ」

そんな信じられないみたいな顔されましても。申し訳ないが、マジでわからなかった。

夜空に浮かぶ大輪のイメージを頭から消して、パッケージを凝視して、それでようやく僕は胡桃が持っているものを花火だと認識することができた。幼少期から家族が家にいることが少なかったので、手持ち花火なんてものはやる機会も見る機会もなかったのだ。

「スーパーで見かけたので、つい買っちゃったんです。楽しそうじゃないですか？」

「まあ、そうだね。やったことないからよくわからないけど」

「エッ!?　そんな人いるんですか!?　信じられない」

とうとう信じられないと口に出して言われてしまった。

そんなに変か？　手持ち花火やったことない人、けっこういると思うけどな……。

しょぼくれる僕を見かねてか、胡桃が気を取り直すように一つ咳払いをする。

「なるほど。わかりました。そういうことなら、なおさら花火、やりましょう。私が先輩に、二つ目の初体験をさせてあげますよ。……あ、キスを含めたら三つ目か」

「……うるさいよ」

「あはっ。先輩照れてるー。かわいいー」

眉を八の字にしてにやにやと笑う胡桃。

僕は胡桃に弱みを見せすぎたのかもしれない。……まあ、それが嫌ではないのだけど。

ともあれ、そんな流れで、僕と胡桃は花火の準備を始めた。

縁側から外に出て、周囲のものを端に寄せて片づける。ポリバケツに水を汲んで、消火用とする。火事だけは本当に避けたいので、周囲一帯にも適当に水を撒いておいた。

あとは、点火用の火が必要だ。バケツ型のろうそくにライターを近づける。

辺りが本格的に暗くなってくる中、ぽう、と火がついて小さな明かりが揺れ始める。

これにて準備完了となる。

正直、僕はかなりワクワクしていたのだが、隣を見ると、胡桃は渋い顔をしていた。

「なんか、普通にやってもつまんないですね」

「……花火って特殊にやる方法があるのか？　あ、二刀流とか？」

質問には答えず、胡桃は手持ち花火初心者の僕を置き去りにして、家の裏手に回った。

ガコガコと引きずるように持ってきたのは、なんと一斗缶だった。

胡桃はスマホでなにかを調べると、叩いたり穴を開けたりして一斗缶を改造し始めた。

何事かと思って見ていたが、胡桃の作業は五分足らずで終了した。

一斗缶は、最終的に庭の真ん中にぽつんと設置される形で落ち着いた。

「完成したのか？　これなに？」

ろうそくの明かりにぼんやり照らされた胡桃が、妖しげな顔でにやりと笑う。

「簡易焼却炉ですよ。ネットを参考にして作りました」

「ああ、中で火が燃えるやつか。見たことあるけど……なにに使うの？」

「今から夏休みの課題を燃やします。その火で花火をやりましょう」

……マジかよ。特殊にもほどがあるだろ。

胡桃は家の中から課題の冊子と新聞紙を持ってくると、まとめて一斗缶に入れた。

一枚だけ残しておいた新聞紙に、ライターで火をつける。それも中に放り込んだ。

「提出できなくなるぞ。夏休み明け、どうするつもりだ？」

「どうなったってよくないですか？」

胡桃がにやりと笑った、その直後。一斗缶の中で、課題に火がついたのが見えた。

数式が端から黒く変色していく。溶けるように消えながら、炎を舞い上げていく。

「いい感じです。それじゃ、花火のほうも始めますね」

胡桃は袋から花火を一本抜いて、一斗缶の上部にかざす。

筒の先に、すぐに火がついた。シュー、と鮮やかな光が放出され始める。

「どうです？　ほら、見てください先輩っ！　これが手持ち花火ですよ！」

激しく燃え盛る赤い炎と、鮮烈に弾ける白い炎の対比。

綺麗だった。課題を燃やして花火をすることは、僕らにとってなにか大切な儀式なんじゃないかと思ってしまった。それくらいに、幻想的な光景だった。

花火が、弱まって消える。胡桃がバケツに筒を投げ入れると、ジュッと音が鳴った。

「ほら、先輩もやりましょうよ」

「……ちょっと待って」

僕は縁側を上がって家の中に戻り、バッグから自分の課題冊子を持ってきた。

丸めて一斗缶の中に突っ込むと、いっそう火が強くなった。

「さっすが先輩」

胡桃が悪ガキのような、恋する乙女のような、いじらしい表情で僕を褒める。

「ささ、花火のほうもどうぞ。いっぱいありますからね」

「うん。ありがとう」

花火を受け取って、一斗缶の上にかざす。僕の筒先にも、ちゃんと火はついてくれた。

庭で二人、ぴったりと並びながら、手持ち花火を燃やしていく。

硝煙の香りが鼻を抜ける。いつか、どこかで夢見ていた夏だと思った。

「先輩。次にやるテロはどんな形でお披露目してやりましょうね？」

「そうだな。どうするか。そろそろ教師たちも黙ってないだろうしな……」

「ゆっくり考えましょうか。幸い、作戦会議の時間はたくさんありますからね」

僕らの激情は、甘いものじゃない。西豪高校は、絶対に変えなくちゃいけない。

やっぱり、七々扇なんかに邪魔させてはいけないんだ。

燃え上がる炎を見ながら、僕らはずっと、そんなことを話していた。

＊

『支払明細書』

夏期講習の明細書が間違っていますので、こちらで正しいものを作成しておきました。
・合計金額
夏期講習代　15650０円

・内訳
教材費　12500円
受講費　86640円
暴言費　50160円※1
自習費　7200円※2

※1、一授業の中で暴言、説教、人格否定等に使われる時間を平均22分として計算。
※2、授業ボイコットの回数を一週間に1〜2回として計算。

予備校の夏期講習の約半額というのが売り文句のようですが、本当でしょうか？

一般的な予備校の夏期講習の受講料は、一時間で約1933円。

西豪(さいごう)高校の夏期講習から暴言の時間を除くと、純粋な受講料は、一時間で約1894円。

一授業における差額が39円しかありません。これなら予備校にいらっしゃる優れた講師の皆様の授業を、暴言等のストレスなく受けたほうがいいと思いませんか？

＊

暴言放送と晒し首のテロによって、学校側は明らかに僕らを警戒するようになっていた。

定期的に荷物検査をするようになった。自習時間や休み時間なんかには、教師が当番制で廊下を見回りをするようになった。変な真似をする生徒が出ないように努めていた。

でも、残念ながら、その程度の対応でどうにかなるほど——いや、その程度の対応で手を緩めてあげるほど、僕らは甘くないのだった。

僕らは秘密裏に事が動いていくようなテロを考え、決行することにした。

作戦の名前は『暴言明細書』。

予備校より安いなどとのたまう西豪高校の夏期講習の本質を暴くテロだ。

暴言や叱責で授業が止まっている時間を計測して、平均時間を出す。

そのデータと夏期講習の金額から、『暴言を吐かれること』にどれだけの金を払っているのか算出。明細書として書き起こして全校に向かって公表する、というテロである。数字のマジックを利用し、夏期講習の劣悪さを強調してやることを目的としている。

僕らはこの明細書の貼り出し方を工夫することにした。

一日一箇所だけ、トイレの個室や掃除用具入れなど、人目につきにくい場所に貼る。

こうすることで、教師の認知を遅らせ、初出がいつなのかわからなくさせるのだ。

明細書に気づいたときには、もう遅い。多くの生徒の目に入ってしまっている。

そんな状況を作り出すのが狙いだった。

僕らは一週間ほどかけてテロを決行した。手分けをして、少しずつ張り紙を出した。

実際に、狙ったとおりの効果はあったようだった。

休み時間。隣の席の田中(たなか)さんにテロのことを聞いたら、こんな回答が返ってきた。

「ねえ、田中さん。明細書って書かれた張り紙のこと、知ってる？」

「ああ……うん、見たかも。最近ちょっと噂(うわさ)になってるやつだよね」

「いつごろから貼り出されてたとか、わかるかな」

「どうだろう？　友達から聞いたのは、一昨日(おととい)とかだったけど……」

困ったような顔をする田中さんを見て、僕は今回の作戦が成功だったことを確信した。

息を潜めて生活していたら、「やっぱ五万円の暴言は質がちげえわ」とか「私たち来年は一緒に予備校行かない？」なんていう声が聞こえてきたりした。

実に愉快だった。多くの生徒がおかしさに気づけばいいと思った。このまま不満と不審感が毒のようにじっとりと広まって、夏期講習なんて死んでしまえばいいと思った。

＊

僕らは教師にバレる前に、すべての犯行を終えることができた。

土曜日の放課後。自習スペースに最後の張り紙をして、今回の作戦は終了となった。

誰にも見られていないことを確認して、僕は犯行現場をあとにした。

さっさと帰ろう。今日は胡桃（くるみ）と二人で作戦成功のお祝いをする日だ。

怪しまれないよう、僕はわざと人通りの多い職員室前を通って昇降口に向かう。

「……ん？」

道中、気になる光景に出くわした。

小柄な女性教師と七々扇（ななおうぎ）が、二人で並んで歩いていた。

二人の間に会話はない。重い面持ちで、なにやら深刻そうな雰囲気が漂っている。

なんとなく目で追しまう。すると、気になる光景は驚くべき展開を迎えた。

二人が向かった先が、生徒指導室だったのだ。

七々扇がなにかやらかしたんだろうか。西豪（さいごう）高校では成績の悪い者が生徒指導室に呼ばれたりするが、七々扇は上位クラスでトップの生徒。そんな展開はまずありえないはず。

僕らよりも大きなテロを起こそうとして、教師にバレたりでもしたか。

もしそうなら残念なことだが……まあ、同情してやる義理はないな。僕らを唸（うな）らせるようなテロをするなんて口だけで、彼女のテロリズムがその程度だったということだ。

「……なんでもいいか」

口奥でそう呟（つぶや）き、僕は七々扇と教師を見送る。踵（きびす）を返し、帰ることにする。

しかし、目を離した直後に、僕はまた振り返ることになった。

二人が生徒指導室に消えていく瞬間、看過できないものがちらりと目に入ったのだ。

七々扇（ななおうぎ）の手には、僕らが貼り出していた暴言の明細書が握られていた。

三章

日曜日。休日の昼下がり。

僕は昼食中、胡桃に七々扇の行動を軽く報告することにした。

暴言明細書を教師に見せて、僕らのテロの邪魔をするような真似をしていたこと。

それから、晒し首のテロの掃除をしていたことも、いまさらながら報告した。

「んむぅ……それはいったいどういうことなんですかね……」

向かいの席で、口をもごもご動かしながら、そんな反応を示す胡桃。

今日の昼食は胡桃お手製のクラブハウスサンドだ。胡桃はサンドの具が落ちないよう器用に食べながら、これまた器用に困り顔でもぐもぐと咀嚼をしていた。

「夏休み中に私たちを唸らせるようなすごいテロを起こす、って話じゃなかったんですかね。今のところそんな気配ないですし、なにをやってるんでしょう、あの人は」

「さあ。なにを考えているのかはさっぱりわからん」

今になって思うと、最初に晒し首のテロを掃除していたのも謎だ。あのとき、七々扇はすでに僕らがテロリストであることに気づいていて、仲間になろうと考えていたはず。

なぜわざわざ黒板の落書きを消して、マネキンの回収なんかしていたのか。

まったくもって理解不能だ。

仲間にしてよと言っておきながら、現状、七々扇は僕らの邪魔しかしていない。

「んー……もしかして、本当は私たちを告発しようとしているんじゃないですか？」

「それは、どうかな。可能性としては考えにくいと思うけど……」

僕らを告発したいなら、前に見せてきた証拠写真を学校に提出するだけでいい。

落書きを消したり、明細書を教師に見せたりする理由は特にないと思うのだ。

録音による僕の脅しを怖がっていて、教師たちの信頼を勝ち取ろうとしているとか？

いや、それも考えられないか。

やっぱりあの録音は、脅しっぽいが実際には脅しになっていないのだ。

仮に「仲間にしてよ」という音声をバラまかれたとしても、「あの場はああ言うしかなかった」と釈明すれば、おそらく普通に無罪となる。その程度のものだ。七々扇ほど賢い人間がそれに気づいてないとは思えないし、脅しを怖がっているというのは違うと思う。

そうだな……あと、理由として考えられるのは……。

「七々扇先輩は私たちが大きなテロをやろうとしているって気づいて、それで、絶対に仲間に入れてもらうために、なんとかして止めようとしている……とかですかね？」

「うん。僕も同じことを思った」

つまりこういうことだ。僕らの邪魔をしてテロをすることができない状況にすれば、相対的に『唸(うな)らせるテロ』のハードルが下がる。結果、仲間にしてもらいやすくなる。

だから、僕らの存在を公にせずテロの邪魔をしようとしている、と。

……いや、どうだろうな。筋は通っているが、絶対にそうだという確信は持てない。

七々扇の性格……自信家で常に不遜な態度でいるところから考えると、彼女が仲間になるために僕らの邪魔をするとは思えないのだ。なんというか、そんな後手に回るような真似(まね)はせずに、実力で僕らを黙らせようとするのが彼女の行動としては自然な気がする。

なんだかな。テロはうまくいっているのに、七々扇のせいでいまいちスッキリしない。

二人、無言でサンドを頬張(ほおば)る中、胡桃(くるみ)が思い出したような声を上げた。

「そういえば、七々扇先輩と一緒に生徒指導室に入った教師は誰だったんですか？　もしかしたら、そこんところを考えていけばヒントが得られるかもしれません」

「たしかに。ちょっと待って。誰だっけな……」

　昨日の光景を思い出す。特徴的な教師だったので、幸いなことにすぐに名前が浮かんだ。

「たしか、大隈香苗(おおくまかなえ)だ。かなり小柄な二年の世界史の教師だよ」

「二年の大隈……あ、知ってるかもしれないです」

　まあ、知っていてもおかしくはないだろうな。

　大隈教員は身長百五十センチに満たない程度の、超がつくほど小柄な教師だ。小学生のような外見なのに、いつもスーツを着ている。動きが大きく、びっくりするほどうねりが強いロングの茶髪を常に振り回しているので、教師の中でも特に目立つ存在なのである。

「大隈教員って七々扇先輩の担任だったりするんです？」

「いや、違う。そもそもあの人、担任を持たされていなかったと思う。今年から西豪高校に勤めることになった教師だ。年齢もたしか、二十三才とかだったはず」

「ガチの新任教師ですか。むむ……意味わかんないですね……」

たしかに、考えてみればこれもおかしな話だ。生徒指導や学年主任の教師ではなく、今年から配属になった教師と生徒指導室に入るとは。どういうことなのだろう。

そもそも、だ。七々扇と大隈教員の間には、なんの接点もないと思う。

僕の記憶が間違っていなければ、大隈教員は上位クラスの授業を受け持っていない。

七々扇の担任の教師でないばかりか、授業担当でもなかったはずなのだ。

七々扇が部活や委員会に未所属なことを考えると、顧問みたいな繋がりもありえない。

困ったな。七々扇と大隈教員に関係性がまったく見えない。

もちろんプライベートな方面で関わりがあるのかもしれないが……七々扇と大隈教員が親戚とか知り合いとか、そういう噂もまったく聞いたことがないしな。よくわからん。

オーバーヒートしそうな脳を冷ますように、オレンジジュースで喉を潤す。

するとふと、あることを思い出した。

「待てよ。そういえば、晒し首のテロをやったときも七々扇は大隈教員に『あとでちょっとお話ししたいことがあります』って言ってたような気がする」

「じゃあ、やっぱり七々扇先輩にとって、大隈教員は見知った教師だったんですかね」

「さあ……。晒し首のテロをしたあとだったからな。なんとも言えない」

あのときも大隈教員に、テロについての話をしようとしていたのかもしれない。

ダメだな。これじゃ、ヒントを得るどころか謎が深まるばかりだ。

僕と胡桃は、二人してサンドを食べる手だけが進んでいた。

「私たちが難しく考えすぎですかね？　ただ単に近くにいた教師に話を振っただけかも」

「そうかもな」

口ではそう言いつつも、偶然という単語と七々扇がいまいち結びつかなかった。

七々扇の謎の行動。それから、七々扇と大隈教員の関係。

僕らの信念も行動も変わらないが、様子は見ておいたほうがよさそうだ。

しかし、そう思った矢先。

七々扇と接触するタイミングは、意外にも早く訪れた。

＊

西豪高校がどれだけ劣悪な環境であっても、さすがに休日すらないわけではない。

夏休み中盤。お盆ということで、西豪(さいごう)高校の夏期講習は一週間程度の休みに入っていた。

僕は毎年、お盆の前後には必ず墓参りに行くことにしている。

姉さんに、花とお香を手向けるのだ。

カンカン照りの太陽の下、胡桃(くるみ)の家を出て、僕は一人で久しぶりに地元に帰っていた。

駅から二十分ほど歩いた場所にある小さなお寺。そのすぐ横にある墓場を訪れていた。

一番の混雑が予想される日を外したので、人はまばらだった。

手桶(ておけ)を借りて、水を汲(く)む。砂利道を通って、ずらりと並んだ墓石の一番奥へ向かう。

柄杓(ひしゃく)で水をかけると、「篠原(しのはら)家之墓」という文字が、日光を反射して輝いていた。

「……今年も来たよ」

買ってきた花を花瓶に差す。線香に火をつけて横向きに供える。

屈(かが)みながら合掌をして、篠原紫苑(しおん)——かつて夏目(なつめ)紫苑だったその人に、祈りを捧(ささ)げる。

四つ歳(とし)が離れた僕の姉は、四年ほど前に亡くなっている。

死因は、線路への飛び込みによる自殺。

交友関係のトラブルが自殺の動機だったらしいが、原因について詳しいことはよく知らない。いや、知らされていない、と言ったほうが正しいか。

両親の離婚が原因で、僕と姉さんは八年前から生活が別々だった。幼い僕らが自発的に連絡を取り合うわけもなく、まったく交流がない状態で過ごしてきた。

姉さんが生きていたころにも、四年にわたる断交があったのだ。

姉さんの親権者となった母さんとその親戚にとって、僕はもはや他人に近い存在だった。

そのため、なにを聞いても最低限の情報しか教えてくれなかったのである。

それに関して、不満を抱いたりはしていない。仕方がないことだと思っている。どうせなにを聞いたって姉さんが帰ってくるわけではないのだから、気にするだけ無駄だ。

「…………」

目を閉じて、僕は黙祷を続ける。ラベンダーを模した線香の匂いがよく香っていた。

僕が毎年、姉さんの墓参りに来続けているのは、世話になった記憶があるからだ。

離婚前。両親が喧嘩をしているとき、姉さんはよく僕の隣にいてくれた。隣にいるだけで特になにもしてはくれなかったけど、僕は姉さんの行動に救われていた。僕に似た顔で僕と同じように悲しい表情をする姉さんを見て、一人じゃないと思うことができたのだ。

そんな恩から、僕はお盆に必ず姉さんの墓参りに来るようにしているのだった。

それにほら、子どもに無関心な父さんが墓参りに来ているとは思えない。

僕くらいは来てあげないと、忘れられているようで姉さんがかわいそうな気もするしな。

一分近く黙祷を捧げてから、僕は立ち上がった。

線香のゴミを回収し、手桶と柄杓を元の場所へと戻しに行く。返すついでに、花生けの作業で汚れてしまった手を水道水で洗い流した。水が冷たくて気持ちがいい。

ぱっぱと水を切り、ポケットからハンカチを取り出して手を拭く。

帰ろうと思い、顔を上げた次の瞬間——透けた虹色の球体が目の前を通過していった。

「うわっ」

僕は思わず仰け反って、声を漏らしてしまう。

なにかと思えば、シャボン玉だった。不意にシャボン玉が飛んできた。

墓場とシャボン玉。ちぐはぐに思えるような組み合わせだ。

お盆だし、幼い子どもが親と一緒に墓参りに来ているのだろうか。

シャボン玉の出どころを確認するべく、風上に目を向けてみる。

そこに広がっている光景を見て、僕はさらにぎょっとすることになった。

無理もないだろう。意外すぎる組み合わせに、意外な人物が合わさったのだ。

水道から一番近い場所にあるお墓の階段に、七々扇奈々が膝を立てて座っていた。

七々扇は左手の指で水色のカップ状の容器を摘み、右手の指で黄緑色の筒を挟んでいた。

シャボン玉を飛ばしていたのは、七々扇だったのだ。

「……七々扇」

僕がそう声をかけると、七々扇は今気づいたみたいに顔を上げた。思いがけない遭遇を心から喜ぶような明るい笑顔になって、こちらに向けてひらひらと手を振る。

「やっほ。誰かと思えば、蓮くんじゃん。こんにちは。いい天気だね？」

そんなふうにあいさつしてくる七々扇を、僕は無言の無表情で見つめる。

はっきり言って、僕は半ば、呆れていた。

僕に接触するために、こんな場所までつけてくるとは。

墓場でシャボン玉を飛ばすという奇行に走っているのもよくわからない。意味不明だ。

非常識もここまでくると、もはや怖い。

「……なんの用だよ。話があるにしても、場所を選べよな」

「え？　用なんてないよ。私も墓参りに来たの。奇遇だね」

嘘吐け、と反射的に言いそうになったが、僕は寸前で言葉を飲み込んだ。

七々扇の座っている階段から続く墓石には「七々扇家之墓」という文字が刻まれていた。

全国的に見ても、七々扇という名字はかなり珍しいと思う。「僕を追ってきたら、たまたま同姓の七々扇さん家のお墓があった」というよりは、「僕の母さんの家のお墓と七々扇の家のお墓が同じお寺の管轄だった」というほうが、可能性としては高そうである。

これは信じざるを得ない、か。

高校が同じ時点で、近場に住んでいてもなんの不思議もないわけだし。

ばつが悪くなった僕は、肩を竦めてひとまず話を区切る。

場の空気をごまかすように、もう一つの文句をぶつけることにした。

「墓場でシャボン玉って、どういう神経してるんだよ」

「ん？　別によくない？　ちゃんと他のお墓が汚れないように気をつけてるし」

「よくないよ。非常識だって、ちょっと考えればわかるだろ」

「そんなこと言われてもなぁ。昔、シャボン玉で遊んでいたときによくおばあちゃんが見守ってくれたから、見せてあげようと思っただけなんだけど……」

困ったような顔でそう言われ、僕は押し黙るしかなかった。

なんだよそれ。故人の話を出されたら反論できないだろうが。

もちろん嘘かもしれないが、嘘だったとして、墓場でシャボン玉を飛ばす理由がない。

少し、冷静になろう。お寺の敷地内で言うことわざじゃない気がするが、坊主憎けりゃ袈裟まで憎い状態になっていたようだ。敵対心を表に出しすぎてしまっている。

今回ばかりは疑ってかかっているこちらが悪い。

癪だが、僕はいちおう礼儀として謝っておくことにした。

「……突っかかってごめん。悪かった」

「いいよ。キス一回で許してあげる」

「…………」

「あははっ。冗談だよ？　そんな困った顔しないでよ」

七々扇は目を細めて不敵に笑い、シャボン玉をぷかぷかと飛ばした。

困った顔もするわ。七々扇が言うことは、すべて冗談に聞こえないんだよ。

……まあ、ともあれ。

逆ナンパのときとは違い、今回は本当に偶然のエンカウントらしい。

会うタイミング的には、ちょうどよかったかもしれない。周囲に人はいないし、明細書を持って生徒指導室に入っていった件について、少し探りを入れてみようか。

はぐらかされるだけな気がするが、なにもしないで疑問が増えていくよりマシだろう。

僕はそれなりの距離を保ったまま、七々扇に問いかける。

「七々扇。この前、僕らの明細書を持って、生徒指導室に入っていっただろ」

「あ、うん。蓮くんとすれ違ったよね。覚えてるよ」

「覚えてるよ、じゃないよ。あれ、なんのつもりだ？」

「うん？　なんのつもりって、どういうことかな？」

七々扇は「わからない」ではなく「言ってごらん？」といった感じで首を傾げていた。

質問に対して質問で返すとは。いちいち癪に障る奴だな。

「……生徒指導室で明細書について教師と話してたんだろ？　あのテロは、教師にバレないように水面下でやってたんだ。なんでわざわざ報告するような真似をしたんだ」

「見つけちゃったから、かな。先生には言っといたほうがいいかと思って」

「なんだよそれ。……僕らの邪魔をしたくてやったのか？」

「まさか。それはないよ。蓮くんたちが犯人ってわかってたけど、それは言ってないし。

というか、君らのテロ行為はあのときすでに終わってたでしょ？　明細書を先生に教えても問題ないはずじゃない？　本当に邪魔したいなら、もっと別の方法を取るよ」

たしかに、それはそうかもしれないが……。

「じゃあ、なにしてたんだよ。わざと核心に触れないような話し方をしないでくれ」

「なんでもよくない？　蓮くんたちが気にすることじゃないよ。まだ、ね」

含みの残る言い方。しかし、七々扇はそれ以上、語るつもりがないようだった。

僕から目を離すと、明後日(あさって)の方向を向いてシャボン玉を空へ吹く。なんなんだ、こいつ。

くそ、腹が立つが仕方ない。こういう展開になることはわかっていたし、もういい。

僕は諦めて、別の角度から攻めてみることにした。

「七々扇。君は本当に僕らの仲間になりたいと思っているのか？」

「思ってるよ。思ってるに決まってるじゃん。なに当たり前のこと聞いてるの」

七々扇は僕を一瞥(いちべつ)すると、けろっとした様子で即答した。

「仲間にしてほしいよ。今すぐ仲間にしてくれてもいいくらいだよ？」

「そうは見えないんだよ。テロを起こすって言ったきり特に行動していないみたいだし、なにがしたいのかさっぱりだ。正直、今のところ信用できる要素がなにもない」

「まあまあ。そう怒らないで。私なりにちゃんと考えてるからさ」

七々扇はニヒルな笑みを浮かべ、またシャボン玉に戻る。

どうしても僕の質問をはぐらかしたいらしい。

これは、ダメだな。ひとまず、今この瞬間に真意を探ろうとしないほうがいい。時間の無駄というか、こちらの精神が消耗されるばかりでいいことがなさそうである。

僕と胡桃にとって、七々扇は邪魔だ。この上なく邪魔だ。敵なのか味方なのかもはっきりせず、ただ一定の距離を保ちつつ仲間になる打診だけをしてくるのが本当に鬱陶しい。

「本当に、頼むから僕らの邪魔だけはしないでくれ」

「それはしないよ。絶対に」

まったくもって信用できないその返事を最後に、僕は墓場から帰ることにする。

しかし、踵を返した直後。

「うわ、七々扇？　ほんとに会えちゃった。今年もここにいるんだね」

そんな声が聞こえてきたので僕は立ち止まった。

お寺の入り口。歩行者用の道路から、三人の女子がこちらを覗き込んでいた。

気が強そうな印象の三人だが、全員ギャルみたいな外見ではない。黒髪で、見られても恥ずかしくない程度のおしゃれをしている、どこにでもいるような普通の女子たちだ。

……あれ、待てよ。この人たち、どこかで見たことあるような気がする。

目を凝らして容姿を確認する。しかし、よく思い出せない。僕の気のせいか？

名前を呼んでいたことから、七々扇の知り合いではあることは間違いないだろう。

「七々扇。あいつらって……」

確認しようと振り返って、僕は固まった。

七々扇は冷然たる表情を浮かべていた。射殺すような視線で、女子たちを睨んでいる。

おっと、この反応は……。どうも。仲のいい友人と会ったというわけではなさそうだ。

「今年は彼氏と一緒なんだ？　なに？　ボディーガードのつもり？」

「墓参りデートなんて趣味悪いことしてたら彼氏に嫌われちゃうんじゃない？」

「大丈夫でしょ。典型的な天才タイプの七々扇と付き合う奴なんだし、気にしないって」

三人の女子たちは好き放題にそう言うと、きゃいきゃいと騒ぐ。

「私たち、もうすぐ大学受験だよ？　こんなところで彼氏と遊んでて大丈夫なの？」

「せいぜいその才能、枯らさないようにがんばりなよ。もう遅いかもしれないけど」

そんなセリフを残して、そのまま道路の奥へと去っていった。

……ひどいな。なんなんだ、あの嫌味っぽい奴ら。話を聞いているだけで気分が悪い。

墓場に静寂が戻ったことを確認するような間を経て、七々扇がため息を吐いた。

「……今年は十五日、外したんだけどなぁ」

ぽつりとそう呟いたあと、七々扇は僕へと向き直る。

「いやぁ、うるさい連中だ。蓮くんごめんね？　不快だったでしょ」

「……さっきの、誰だ？　七々扇の知り合いか？」

「残念ながらね。小学校からの付き合いだよ。とはいえ、昔は塾が同じだっただけだけど」

七々扇は長い髪を振るように、やれやれと首を振る。

「西豪高校に入ってから、いつもあんな調子なんだ。なんで私に執着するんだか」

「え、あいつら西豪高校の生徒会だったのか？」

「そうだよ。しかも生徒会。あんな低俗な連中が生徒の代表って、笑えるよね？」

「……あ、そうか」

ここまで聞いて、僕はやっと思い出した。

あの女子三人は全員、西豪高校の生徒会役員を務めている生徒だ。

以前、彼女たちは生徒会選挙の活動として、全校生徒を前に演説をしていた。

顔に見覚えがあると僕が思ったのは、その演説の場で見かけていたからだった。

誰もいなくなったお寺の入り口を見ながら、僕は思う。

いやはや、生徒代表の生徒会役員があれとは。

七々扇の言うとおりだな。西豪高校という学校の質が知れる。

「……ずいぶんと舐めた態度を取られてたけど、言われっぱなしでいいのかよ」

どう会話を続けたらいいのかわからなかったので、そんな言葉を口にしてみる。

僕は「言わせとけばいいよ」みたいな、飄々とした回答が返ってくると思っていた。

だが、どれだけ待っても期待していたような返事は聞こえてこなかった。

「七々扇？」

気になって振り返ると、先程と同じ冷然たる表情を浮かべた七々扇がそこにいた。

七々扇は僕の視線に気がつくと、深呼吸をするように細くゆっくりと息を吸う。

そして、吐き捨てるような強い口調でこう答えるのだった。

「いいわけないでしょ」

それは、氷柱(つらら)の並ぶ暗い洞窟の奥底から流れ出てきたような声だった。

白く、冷たく、人間としての温かみがまったく混じっていない。そんな声。

なんだろう、この感覚。

七々扇の声と、表情と、目つきと……それから、纏(まと)っている雰囲気に既視感がある。

記憶を掘り返してみると、自分でも驚くほど簡単にその正体に辿(たど)り着(つ)くことができた。

そうだ。わかった。この既視感は胡桃(くるみ)だ。

僕は今、七々扇奈々(なな)が星宮(ほしみや)胡桃と重なって見えたのだ。

『私がやり残したことは、復讐(ふくしゅう)です』

激情を静かに孕(はら)んでいるような、あのセリフを発したとき。

七々扇奈々の声と表情と目つきと雰囲気は、あのときの胡桃とまったく同じだった。

なぜ、同じだったのか。なぜ、同じだと思ってしまったのか。

もしかして、それは……。

「……なんてね」

黙りこくる僕を見て、七々扇(ななおうぎ)はふっ、といつものように不敵に笑っていた。

「今に始まったことじゃないし、あいつらに限ったことじゃないし、どうでもいいよ」

「……それは、本音か？」

「本音だって。さっきのは冗談だよ？　そんな困った顔しないでよ」

そう言われてもな。ここで「はいそうですか」と流せるほど、僕は鈍感じゃない。

とはいえ、深掘りはしないでおこう。させてもらえるとも思えないし。

僕は不穏な空気を紛(まぎ)らわせるために、適当な話を展開しておくことにした。

「せめて彼氏ってところは否定したほうがよかったんじゃないか？」

「蓮(れん)くんなら誤解されてもいいかなぁ。胡桃(くるみ)ちゃんから奪ったみたいで興奮するし」

「……さっきの女子たちの言う通りだったな。君は趣味が悪いよ」

「一番気持ちいいのは不倫。あと黙って食べる家族のプリン、ってね」

「うるさい。語感だけで喋(しゃべ)るな」

そんなところで会話を切り上げて、僕は今度こそ帰ることにする。

砂利道を歩いて、出口に向かう。左右の歩行者を確認して、お寺の敷地を出る。

去り際。ちらりと墓場を盗み見た。

七々扇は黄緑色の筒を口に咥(くわ)え、夏の空にシャボン玉を飛ばし続けていた。

ぷかぷか。ふわふわ。七色の気泡が、真夏の空に向かって昇っていく。シャボン玉は所在なげに宙を漂うと、積乱雲と重なった瞬間に弾けて消えた。

……まったくもって違うことはわかっているけれど。

今度は七々扇の姿が、屋上でタバコをふかしていた僕と重なるような気がした。

＊

墓場で七々扇と接触した同日。夜の食卓。

夕飯を終え、皿を片づけ、食休みを取っていたときのこと。

向かいの席で麦茶を飲んでいた胡桃が、思い出したような顔でこんな話を切り出した。

「あ、そういえば先輩。例のモノはありましたか？」

「例のモノ？　……ああ、あれか。あったよ。ちょっと待って」

僕は玄関に向かい、帰宅してから置きっぱなしにしていた紙袋を持ってくる。

中にあるのは、夏期講習のテキストと、二学期のテスト問題。両方とも去年のものだ。

これらは、胡桃から依頼されていた品である。今朝、墓参りついでに実家に寄ると言ったら、もし見つけたら持ってきてほしいとお願いされたのだった。

テキストとテストを袋から取り出して、教科ごとにせっせと机に並べていく。

「こっちが数学で、こっちが英語で……。おお。きちんと全教科、揃ってそうですね」

「うん。持ってくるときに確認したから、欠けはないと思う」

「さっすが先輩っ。頼りになりますねぇ」

押し入れにまとめて突っ込んであったから、欠けるはずもないんだけどな。

胡桃に褒められて悪い気はしないし、黙っておこう。

「こんなもの持ってきてどうするんだ？　テスト対策でもするのか？」

「あははっ。するわけないじゃないですか。おもしろいこと言いますね、先輩」

「いや、どこがだよ。今の質問におもしろい要素なかっただろ」

「またまたぁ。先輩ったら。私たちにとってはおもしろかったでしょ」

まあ、たしかにそうか。課題を燃やして花火をするような人間にとって、テスト対策なんていう言葉はギャグでしかないか。……どういう物の見方だよ、と我ながら思うが。

苦笑する僕から目を離し、胡桃は去年の夏期講習テキストをぱらぱらと捲る。

「いやね、西豪高校の夏期講習について、ちょっとばかし闇深い話を聞いたんですよ」

「あのクソ高校の夏期講習なんて闇深いところしかないと思うけど」

「それはそうなんですけど。テロに使えそうなネタがありまして」

「……と、言うと？」

人差し指を口に当てて「んー」と言葉を選ぶような仕草をして、胡桃はぽつりと言う。

「夏期講習の問題がほとんどそのまま次の定期テストに出る、みたいな？」

「……え、なにそれ」

「ありゃ。その様子を見るに、先輩は知らなかったみたいですね」

そう言うと、夏期講習のテキストとテスト問題を、僕に見えるように差し出した。

「ほら、これ見てください。例えば、数学のテスト問題の大問二番。夏期講習テキストのこのページとほとんど同じじゃないですか？　問題文が若干、変わっているだけです」

「うわ。本当だ。知らなかった」

見比べてみて、衝撃を覚える。

胡桃の言うとおり、テストにはテキストとまったく同じような問題が多く載っていた。どの教科にも「問題作りの参考にした」という言い訳ができないレベルで似た問題がずらりと並んでいる。数字や形式、解法まですべて同じ。なんの工夫もない。テキストの答えを暗記していれば、誰でも高得点を取ることができそうなテストとなっていた。

というかこれ、暗記さえできれば、マジでいい点数を取ることができるだろうな。

夏期講習では二学期の予習もすることになっている。予習するとなれば当然、テキストには二学期の問題があるわけで、このテストにはその問題もばっちり収録されている。

「ねえねえ先輩。このテキストが家にあったってことは、先輩は去年も夏期講習には参加していたんですよね？　それなのに、今日までこの件のこと知らなかったんですか？」

「去年の夏は闇雲に勉強してたから気にしてなかったな」

「ふうん。まあ、先輩は友達いなそうですし、知らなくて当然ですか」

一言余計だが否定できない。この学校に友達なんて、ただの一人もいないからな。

「そういえば、今になって思うと、教師がやたら『夏期講習をしっかりやれば、テストは絶対に大丈夫』って言いまくっていた気がする。このことを言ってたんだな、たぶん」

「あ、それ、今年の一年生も言われてますよ。遠回しに伝えているんでしょうね」

授業中、教師がテストに出る部分をやたらと強調するあの行為と同じだろう。言えないけど、実際には言っているみたいな。卑怯（ひきょう）な真似（まね）を……。

テキストとテストを見比べながら僕は思う。

それにしても、ひどいなこれは。

こんなの、夏期講習の受講者に次のテストの答えを渡しているようなものだ。

一見、成績主義の校風と矛盾しているようだが、僕はこのやり方に納得を覚えていた。

西豪（さいごう）高校は成績主義だが、生徒のことを第一に考えて成績主義になったわけではない。

教師が口うるさく勉強のことばかり言うのはなぜか？

そんなの簡単だ。学校の評判を上げて利益を得たいからに決まっている。

私立高校は学校の評判が上がるほど、入学希望の生徒数が増えて、利益に繋（つな）がる。成績向上のためと言い張って、様々な手段で学費を巻き上げることができるようになる。

成績主義というのは、言い換えると利益主義でもあるのだ。

夏期講習を受けた者に、次のテストと同じ問題を解かせる。

当然、次のテストの成績はよくなるわけで。

すると一見、夏期講習のおかげで爆発的に成績が伸びたように見える。素晴らしい夏期講習を開催しているように見える。西豪高校はこうして集客、集金しているのだ。

胡桃がテキストを捲りながら、ぶすっとした顔になる。

「私、この制度がどうにも気に食わないんですよね。金銭面の厳しさとか、そういう理由で夏期講習を受けられない生徒だっているはずじゃないですか。その生徒たちが次のテストで露骨に不利にさせられるって、そんなのおかしいと思いませんか」

「そうだな。まったくもって同感だ」

西豪高校は平均点の半分が赤点ラインと決まっている。夏期講習を受講した者たちが答えを覚えることによって点数を上げれば、それだけ赤点のラインも上がることになる。

やや曲解かもしれないが、夏期講習を受講しなかった生徒は、本人の努力に関係なく進級を危ぶまれるということになると言えるのだ。そんな理不尽があってたまるかよ。

その理不尽が嫌なら、金を出して夏期講習に通えってことなのだろうが……。

生徒のことを金としか見ていない感じがして、腹立たしい。

「なるほど。考えれば考えるほど、これは闇深いな」

「ですよね。で、どうです？　これを次のテロのネタにするっていうのは」

「うん。いいと思う。僕も文句を言いたいと思ったし」

「おけです。それじゃ、決まりですねっ。一石投じてやりましょう」

パチンと指を弾く胡桃に、僕は頷いて返す。

まったくもって異存はない。学校生活と夏期講習は分けるべきだと思うしな。テストとテキストの一致という闇深い事実は、テロの標的にするにはちょうどいいだろう。

「テロの内容はどうする？　なにか案はあるか？」

「一人で考えていたんですけど、テキストを参考にして、私たちでテストに酷似した問題を作るのはどうですか？　生徒たち全員に、無償で問題を配布するんです」

「無償配布？　そんなことしても、テスト本番の問題を変えられるだけじゃないか？」

「別にそれならそれでいいじゃないですか。本当に身になる夏期講習を開催しているなら、問題形式が変わっても解けるはずでしょう？　なんの問題もないですよ。ねえ？」

胡桃が口角を上げ、にいっと意地悪な笑みを浮かべながら言う。

学校側が対処しなければ、金で成績が買えない平等な世界が訪れる。

学校側が対処すれば、テストの内容がろくでもないってことが露呈する。

このテロには、そういう皮肉が込められているわけか。最高かよ。

……いや、でも、な。まだ若干、思うところがあったりする。

「問題配布だと、いまいちテロって感じがしなくないか？　なんか慈善事業みたいだ」

「ふむ。たしかに。現状だと風刺みたいな感じはないですね。……わかりました。じゃあ、問題の上部に『二学期中間テスト流出!?』みたいな文章を入れましょうか」

「流出って。実際は僕らが作ったオリジナル問題なのに？」

「はてなマークを入れるので大丈夫ですよ。嘘は言ってないです」

ネット上の動画や記事でよくあるタイトル詐欺かよ。

「あとは、そうですね……下のほうに『夏期講習の是非を問う』みたいな文章も入れましょう。これなら私たちがなにに対して怒っているのかわかりやすいでしょう」

「なるほど。問題文と一緒に、在り方に対する疑問を投げかけるわけか」

そこまでメッセージ性を強めれば、刺激的なテロになりそうだ。

「うん。その作戦でいいと思う。胡桃風に言うならセンセーショナルだしな」

「んん？　もしかして馬鹿にしてます？」

「してないしてない」

胡桃が笑いながら「絶対馬鹿にしてます」と言って、肘で小突いてくる。

これでひとまず方針は固まった感じだな。

「あとは決行日と、夏期講習を受講していない生徒にどうやって届けるかが悩みどころか」

「それについてもきちんと考えてあるから大丈夫です。お盆休みが明けたあと、登校日がありますよね？　その日に配布しましょう」

「お、いいね。今回のテロに関してはきちんと全員の日に入ったほうがいいだろうしな」

そこまで決まっているなら、もうなにも言うまい。

あとは決行に向けて動いていくだけだ。

「よしっ。それでは、去年のテストを参考にして、問題を作っていきましょうか！」

「わかった。そんじゃ、今年のテキストも持ってくるよ」

それから僕らは、夜遅くまでテキストとにらめっこしてテスト問題を作った。

深夜。一区切りということで作業を終え、日付が変わった時計を見て、僕はふと思った。

結局、僕らテスト対策みたいなことしてるじゃん、と。

＊

僕らは無事、お盆休み中にテスト問題を作り終えることができた。

内容は、一年と二年の英語と数学。三年生については、夏期講習のテキストが入手できなかったので、今回は作成を見送ることに。英語と数学以外の教科については、最初から暗記科目なものが多いので除外することにした。すべてのテストを作る時間もないしな。

完成したテストの出来栄えは、なかなかのものだった。前年度の傾向を見るに、僕らの作成したテスト問題はかなりの精度で本物のテストと一致しているように思えた。まあ、夏期講習のテキストの問題をそのまま使うだけだから当たり前と言えばそうなのだが。

問題を作成し終わったら、次は印刷だ。

パソコンでレイアウトを整えて、なるべくコンパクトな問題冊子としてまとめる。配布しやすい形かつ、最低限の費用で済むようにしてコピーにかける。

二教科、二学年分の問題冊子だが、なにも本物のテストの冊子とまったく同じ形にする必要はない。文字を小さくして紙を節約したので、そこまで痛い出費にはならなかった。

ブツの準備、終了。

そして、迎えた登校日。僕らは予定どおりテロを決行に移した。

前回から引き続き、教師たちは僕らの動きを警戒している。

油断は許されない。綿密な計画を立ててから、僕らはテロを決行した。

一年と二年のすべての教室に問題冊子を配るのだが、丁寧に配布して回っていたのでは絶対に時間が足りない。誰かに見つかるリスクも高い。

まず、僕らは配布方法を工夫した。問題冊子を輪ゴムで丸くまとめ、廊下から各クラスに投げ入れることにしたのだ。これによって、最効率で配布して回ることができる。

次に配布の順番。一年と二年の校舎は離れている。教室を回る順番についても考える必要があった。自習に来る人の割合など、様々な要因を考慮して、最も人に見つかりづらい順路を作った。教師の巡回ルートについては明細書のテロをやったときに確認していた。

最後に、トイレ等の教師が来たときに隠れることができる場所を最大限に利用した。少しでも身の危険を感じたら、姿を隠す。これを徹底し、見つからないよう立ち回った。

夏期講習未参加の生徒の救済も目的にしているため、今回のテロはすべてのクラスに対して平等に行いたかった。かなり大変で、緊張する作業だった。

途中、教師に鉢合わせそうになるなどのハプニングもあったが、なんとか乗り越える。

僕と胡桃(くるみ)は協力することで無事、今回のテロも成し遂げることができた。なに食わぬ顔で登校したふりをして、何気ない様子で学校生活を送ることができた。

配布した問題冊子については、自習に来た人を中心に話題となっていった。

帰りのホームルームで、テキストとテスト問題が一致することを知っている生徒は「こんなの作ってくれるなら夏期講習に参加しなきゃよかった」という声が聞こえてきた。

夏期講習に参加していない生徒は「マジでありがたい」と喜んでいるようだった。

かくして、一年と二年の生徒にはほとんど平等にテスト問題が行き渡った。

夏期講習に参加していることによる、即物的な優位性は消え去ったことになる。

あとは、このテロのことが教師の耳に入るかどうか。

入ったとして、教師たちがどう対応するのか。それ次第だ。

中間テストは九月にある。

それまで、じっくりと観察させてもらうことにしよう。

＊

僕は今回のテロを実行するにあたって、個人的にもう一つ作戦を展開すると決めていた。

それは、七々扇（ななおうぎ）の動向調査である。

テストを配布するというテロは、アプローチをかける相手が生徒という点で、暴言の明細書のテロと似ている。前回と同じような流れで七々扇が動きを見せると考えたのだ。

僕は、七々扇のことを知らなくちゃいけないと思っていた。

七々扇の真の目的はなんなのか。七々扇が墓場で見せた冷たい表情はなんだったのか。

どうしても、彼女の思惑を紐解（ひもと）いておきたいと思っていた。

テロを決行してから、僕は一人で七々扇に怪しい動きがないか観察を続けた。トイレに行くふりをして一組の前を通ったり、職員室から帰るふりをして生徒指導室を見たりした。

そして、登校日の放課後。帰り際。

僕の予想していたとおり、そのときはきた。

放課後の廊下で、僕らの制作したテスト問題を持って歩く七々扇を発見した。

ゆっくりとした足取りで歩く七々扇。傍らには二人ほど教師がいる。

一人は前回に続いて、大隈(おおくま)教員。もう一人は、学年主任の教師だった。

状況から察するに、これが今回の七々扇(ななおうぎ)の僕らのテロへのリアクションだろう。

七々扇が敵なのか、味方なのか、そろそろ見極めないといけない。

あとをつけてみよう。七々扇の本当の目的を知るために。

僕は下校する一般生徒のふりをして、七々扇一行を追うことにした。

怪しまれない程度に遠く、見失わない程度に近く、僕は適切な距離を保ちながら歩いていく。幸い、道順に曲がり角が多かったので、バレずに尾行することができた。

下校する生徒たちの流れに逆らって、しばらく進む。どんどん喧騒(けんそう)から離れていく。

数分後。七々扇たちが入っていったのは、前回の生徒指導室ではなかった。

夏期講習中はまったく使われていない校舎の、さらに隅にある空き教室だった。

話し合いをするだけなら、生徒指導室を使えばいいはずだ。わざわざこんな校舎の外れにあるような場所に行く必要はない。

おそらく、他人に聞かれたら困るような話をするつもりなのだろう。

教師二人を引き連れているし、かなり大事な話をすると考えられる。

このときを待っていた。おそらく今日ここで、七々扇の不可解な行動の理由が明らかになる。僕たちに接触したがるのがなぜなのか、わかるはずだ。

僕は七々扇たちが入った教室のすぐ横の準備室に入った。付近にまったく生徒がいないため、ここら辺はだいぶ静かだ。耳を澄ませば隣の教室の会話くらいなら聞こえるはず。

念のため、スマホを取り出して、録音アプリを立ち上げておく。

壁に背を預ける体勢を取り、僕は盗み聞きを開始した。

「先生。いい加減にしてくれませんか」

まず初めに聞こえてきたのは、責め立てるような強い語調。七々扇の声だった。

「毎年、同じ問題を使うからこういうことをされるんですよ」

声と一緒にバサバサと紙の擦れる音も聞こえてくる。先程、テスト問題を持っていたことから考えると、これは僕らの問題冊子を教師に突きつけている音だろうか。

「三年生の先輩からテスト問題をお借りしたりしたんですが、この問題冊子そっくりじゃないですか。夏期講習のテキストをそのままテストに出すって、どういうことです？」

「どういうことって言われてもな……」

そう受け答えるのは、若い女性。声から察するに、大隈教員だろう。

「夏期講習の受講者にはサービスする。ウチの学校はそういう伝統なんだ。仕方ないだろ」

「そんな腐った伝統を守っているから、こういうふざけたことをする生徒が出てきて学校が荒れるんですよ。なんでわからないんですか」

「いや、わかってるよ……。だから妙なことが起きないように対策してて……」

「それでもこうして改善してないでしょ？」

「……まあ」

曖昧な返答をする大隈教員に、七々扇が畳みかけるように続ける。

「今年からその伝統とやらをやめたらいいだけじゃないですか？　そしたら生徒の不満が解消されて、学校が荒れることもなくなるはずです。簡単な話じゃないですか」

「いやでも、生徒たちはテキストの問題がそのまま出ると思ってるし……」

「今年は厳しくなるとか言えばいいじゃないですか。なにが問題なんです？」

「ああ、うん。それはそうかもしれないが……」

盗み聞きをしている僕にもはっきりと伝わるような、重苦しい沈黙が訪れる。

「というか、なんでそんなに七々扇が怒ってんだ？　こう言っちゃあれだけど、お前は誰よりも成績がいいじゃないか。学校のテストのことなんてどうでもいいだろうよ……」

「前にも言ったでしょ。学校が荒れるのが嫌なんです。今回の件に関しては、他の生徒が答案の丸写しで点数を上げて、私の成績の価値が下がるのも嫌ですし」

「そう、か……」

話を逸らそうと試みる大隈教員だったが、すぐに七々扇に黙らされた。

「とにかく、今年のテストはちゃんと作ってください。いいですね」

「いや、うん……私の教科は例年と違う形で作れるけど……」

「なぜ大隈先生の教科だけなんです？　すべての教科でそうしてください」

「ええ？　えっと、それはあたしが作るわけじゃないし……」

「知りませんよそんなこと」

冷たい七々扇の言葉が場を引き裂き、再び重苦しい沈黙が訪れる。

そこで初めて、野太い感じの男性の声が聞こえてきた。

これは、この話し合いに参加している最後の一人、学年主任の声で間違いないだろう。

「七々扇さん。この件は教員できちんと対応しますので、今日のところは……」

「私は歳の近い大隈先生に頼りたいんです。あなたとは話してないです」

「わ、わかりました。また後日、大隈先生とお話ししてください。なので、今日は……」

学年主任はなだめるような口調で「お引取りください」と繰り返す。

それから七々扇と主任の間で何言か交わしていたが、悪質なクレーマーとその対応に懊悩している平社員がするような、特に意味も内容もない会話だった。

しばらくして、ドアの開く音した。

七々扇の「失礼しました」という声が聞こえてきて、僕は察した。

どうやら今回の話し合いはこれで終わりらしい。

……いや、これ、なんだったんだろうな。

僕はもっと核心に触れるような話が聞けると思っていた。

だが、蓋を開けてみれば正直よくわからない会話が繰り広げられていただけだった。

学校が荒れるのが嫌。

他の生徒が答案の丸写しで点数を上げて、私の成績の価値が下がるのも嫌。

すべて七々扇が言っていたことだが……果たして、本当にそう思っているのだろうか。

どうも、違う気がするんだよな。常に不遜な態度で、何事においてもトップを走る七々扇が、「私の成績の価値が下がる」なんて些細なことを嫌がっていると思えない。

七々扇の一連の行動には、まだなにか裏に意味があるような気がする。

さっき、七々扇は「私は歳の近い大隈先生に頼りたいんです」と言っていた。

前回の明細書のテロでも、同じような話し合いがあったのだろうと想像はつくが……。

情報が少なすぎて、よくわからないな。

僕がああじゃないこうじゃないと考え込んでいた、そのときだった。

僕の隠れているすぐ横。教室の入り口に、すっと人の影が伸びたのが見えた。

「……っ!?」

やばい、バレる。漏れそうになる声を喉元で押し留める。

しかし、そんな努力は無駄だった。声を出そうが出すまいが、すでにバレていたから。

逆光。入ってきた人物――七々扇は、迷いなく隠れている僕のほうに顔を向けた。そして、目を細め、不敵な笑みを浮かべながら、囁くような声でこんなことを言ってくる。

「蓮くん。やっほ」

これは、しまったな。盗み聞きがバレてしまった。

というか、あれだな。この様子を見るに最初からバレていたっぽい。

くそ、いつからだ？　尾行は完璧だったはずだが……泳がされていたのだろうか。

「まさかお前、さっきの会話は僕がいることに気づいて……」

僕が話し終わるのを待たずに、七々扇は素早く身を屈めた。そのまま静かに、しなやかな身のこなしで僕に這い寄る。パーソナルスペースをガン無視して接近する。

眼前で、七々扇の目が妖しく光る。ただならぬ様子だ。

……なんだ？　僕は胸ぐらでも掴まれるのか？

座っているので、咄嗟に距離を取ることもできない。

ひとまず臨戦態勢として僕が身を強張らせた、その次の瞬間。

「……んっ!?　……んんっ!?」

ふわりと爽やかな香りがして、あの瑞々しい感触が口に衝突してきた。

待て。待てよ。またかよ。この可能性だけはないと思ったのに。

っていうか、墓場で冗談だって言ってたじゃねえかよ。

わけがわからないが、されたことだけは実にシンプルだ。

僕はキスをされた。七々扇に頭を搦め捕られ、唇を奪われていた。

「やめろっ……んんっ……」

「んっ……いいから……れぇ、ちゅう……」

七々扇(ななおうぎ)の巧みな舌使いに、口奥を刺激される。

入り込まれているような、飲み込まれているような、奇妙な感覚がする。口と口が接触しているだけなのに、なにか大いなるものに支配されているような気持ちにさせられる。

抵抗しようにも、七々扇の舌が官能的すぎて手足に力が入らない。

隣の教室には、まだ教師がいるはずだ。変に動いて物音を立てるわけにもいかない。

緊張と快感で脳が焼けそうだった。

七々扇の顔で跳ね返る自分の吐息が、あまりにも熱い。

「ん、ぷあっ……」

しばらくして、瑞々(みずみず)しい唇が名残惜しそうに吸いつきながらも離れていった。

舌を交わしてから数秒で、七々扇は僕から口を離したのだった。

「……ふぅ。気持ちよかったね？」

そのままだらりと、抱きつくような感じで僕にもたれかかってくる。七々扇の重量感のある胸が、僕の胸元で押し潰れているのがわかった。意識してはいけない危険な感触。

「……いきなりなにするんだよ」

力が抜けていて七々扇を引き剥(ひは)がせないので、僕は肩越しに文句を言う。

「声が大きかったから」

七々扇は上体だけ起こすと、指先を口に当てて「しーっ」という仕草を見せた。

黙らせるためだけにキスしたのかよ。……なんなんだよ。言えばわかるわ。

また、七々扇が抱きついてくる。互いに耳元で囁き合うような体勢になる。

「蓮くん。安心してね。今さっき先生たちに言っていたことは、ぜんぶ嘘だから」

「……嘘？　わけがわからん。どういうことだ？」

「まあまあ。もうすぐわかるよ。だからさ、あんまり私を悪者にしないでほしいな」

疑ってはいるが、別に悪者にしているわけじゃない。

悪者なのか、そうじゃないのか。僕と胡桃の邪魔をしたいのか、そうじゃないのか。

なにもかもわからないから、扱いに困っているんだよ。

そう文句を言ったところで、七々扇はなにも答えてはくれないんだろうけどな。

「んしょ。さて、と。私はそろそろ帰るね。先生たちに怪しまれちゃうかもだし」

七々扇が僕から離れ、立ち上がる。スカートについたほこりを手で払う。

「あ、そうだ。蓮くんはもう少しここで盗み聞きをしてなよ」

「……はあ？　なんでだよ」

「うーんと、なんでって聞かれると困るんだけどね。さっき話していた先生たちの顔を見るに、たぶん、今からおもしろい会話が聞こえてくるから、かな。……じゃ、またね」

それだけ言い残すと、七々扇は踵を返し、一人で去っていってしまった。

おもしろいものってなんだよ。もう少し説明してくれよ。

七々扇（ななおうぎ）の手のひらの上で踊らされるのは癪（しゃく）だ。

でも、今廊下に出ると、話し合いを終えて出てきた教師と鉢合わせる可能性がある。

どうせ、完全に人の気配がなくなるまでは隠れているつもりだったのだ。

なにが聞けるのか知らないが、少しだけ耳を傾けてみようか。

僕は再び、壁際に寄って隣の教室の様子を窺（うかが）った。

男女の声がする。聞こえてくるのは当然、残った教師二人の会話だった。

「……はぁ。大隈（おおくま）先生。七々扇は成績優秀な生徒です。しかも、ご両親が寄付金を多く納めてくださっている。雑な扱いはやめてくださいと前にも言ったでしょう」

「あたしは別に雑に扱っているつもりは……」

「扱っていますよ。七々扇は国立私立問わずどこにでも合格できるような有望な生徒なんですよ？　受験に響いたらどうするつもりですか。丁重に接してくれないと困ります」

丁寧語を保ってはいるが、主任の声はかなり威圧的だった。

「形だけでも、もっと丁寧にしろって言ってるんですよ。なんですか？　あの口調。どう聞いても粗雑でしょう。あなたは貴族のご令嬢が相手でもああいう口調で喋（しゃべ）るんですか？」

「いや、でも……生徒ごとに扱いを変えるのは……」

「チッ……あー、もう。ぶつくさうるせえな。なに寝ぼけたこと言ってんだよ」

舌打ちの直後。学年主任の声が突如、冷たいものに変わる。

「ここは私立だぞ？　生徒の進学実績によって評価が変わる。学校に利益をもたらす生徒を特別扱いするのは当然のことだろうが。そんなこともわかんねえのかよ」

「…………」

「七々扇は特別な生徒なんだよ。だから、髪を青く染めていても黙認しているし、悩みがあるとなればこうやって主任の俺を交えて話し合いの場を設けんの。わかってる？」

「……すみません」

大隈教員は、壁越しで聞き取れるかギリギリのか細い声でそう謝罪した。

だが、思うこともあったらしい。震える声のまま、こう続ける。

「あ、あのっ。お言葉ですけど、そもそも夏期講習のテキストをそのままテストに出題しているから、こんな話になったんじゃないですか？　前からちゃんとしていれば学校が荒れることもなかったと思いますし、七々扇が不満に思うこともなかったはずじゃ……」

「あーもう、イライラするなぁ……。なにもわかってねえんだな、お前」

「と、いうのは……」

「テストに有利になるなら、生徒が夏期講習に参加する。夏期講習に参加すれば嫌でも勉強することになる。それでいいだろ？　俺、なにか間違ったこと言ってるか？」

「あ、いや……」

大隈教員の声が、また、か細くなって消えていく。

「気味の悪いマネキン。暴言の明細書とかいうふざけた張り紙。そして今回は、このテスト冊子。問題が多すぎます。対処しなさいと何度も言ってるでしょう。大隈先生、あなたは今年、二年の夏期講習の担当なんでしょう？　しっかりしてくださいよ、ねえ」

「やってますよ！　あたし、見回りの教師の配置とか、やりました」

「それでも問題が起きてるだろうが！　俺はなんとかしろって言ってんだよッ!!　がんばったかどうかなんて聞いてねえの！　いつまで学生気分でいるんだよ」

「す、すみません……」

「本当なら、夏期講習の在り方に疑問を抱く生徒が出てくること自体、間違っている。金だけ払っていればいいと思い込ませないとダメ。生徒をコントロールするんだよ」

思わず壁をぶん殴りたくなった。こいつ、生徒のことをなんだと思ってるんだ。

教育者が発しているとは思えないような、ろくでもない発言だな。

「大隈先生。とにかく、早急に対応してください。中間テストの内容についても、検討し直すのか七々扇を説得して例年どおり進めるのか、きちんと決めること。いいですね」

「決めるって……あたしは、どうすればいいんですか……」

「自分で考えろよ。三流大学出身だからそんなこともわかんねえんだよ、馬鹿が」

扉が開く音がして、それからすぐにバンッと強く閉める音がした。

大股の足音が一つ、遠ざかっていく。どうやら学年主任が先に戻ったようだ。

……これが、七々扇の言っていたおもしろいものだろうか。聞くんじゃなかった。不愉快極まりなかったな。胃の奥がぐるぐると脈動しているような感覚。気持ち悪い。

今すぐ胡桃（くるみ）のところに帰りたいんだが……さて、どうしたものかな。

大隈教員が退室してくれないと、見つかるリスクから僕も廊下に出にくいんだよな。

仕方ない。もう少しだけ我慢して待っているしかない、か。

僕がそう覚悟を決めたとき、隣の教室からかすかな声が聞こえてきた。

聞き流してもおかしくない声量。でも、今の僕にははっきりと聞こえた。

「ぐすっ……ん……すぅっ……うぅ……」

うめき声？　違う。そんなわけがない。これがなにを表す声なのか、僕にはわかる。

わかってしまったから、はっきり聞こえた気がしたんだ。

「う……すんっ……ああっ……あああああっ……」

これは、泣き声。大隈教員の泣いている声だ。

「うっ……うぇ……ああああ……」

絞った喉から流れ出てしまったような声で、大隈教員は号哭（ごうこく）していた。

泣き声に混じって、様々な音が聞こえてくる。

紙束が落ちるような音。机上を激しく叩（たた）きつけるような音。

激しく地団駄を踏むような音も聞こえてきた。

「ふざけたことばっかしてんの、誰なんだよぉ……」

大隈教員の涙はしばらく続いていた。嗚咽を漏らすような声が、ずっと聞こえてきた。

僕は大隈教員のことを大して知らない。でも、大隈教員のぐしゃぐしゃになった顔がありありと想像できた。それくらい彼女の声は悲痛に満ちていたのだ。

しばらくして、ドアを開ける音がした。

七々扇や主任とは違う、小さくて弱々しい足音が去っていく。

「…………」

僕は無意識のうちに教室から半身を覗かせて、大隈教員の姿を探していた。

だだっ広い廊下の中央。奥に向かって消えていく小さな人影が見えた。

スーツを着た小柄な後ろ姿。うねりの激しい茶髪が物淋しげに揺れている。

そこにいるのは、一人の人間だった。僕が『小柄な女性教師』という言葉で片づけていたことを恥ずかしく思うくらいには生々しい、たった一人の人間だった。

僕は、はっきりと理解した。彼女は、殴られるために存在する敵ではない。

僕らが死ぬほど嫌っているだけの、僕らと同じ種族の存在だ。

「……なんなんだよ」

大隈教員は退室して、帰っていった。これで、周囲に人はいなくなった。

僕は帰れるはずだった。でも、静まり返った教室で座り込んだままでいた。

足が重い。心が重い。薄暗いだけの教室が、重油の底に浸(つ)かっているように思えた。

気分が悪い。なぜか、なんて言うまでもないだろう。

ああ、嫌だな。大人の泣き声を聞いたのは、八年前の離婚のときの母さん以来だ。

そうだ。僕は大人が見せる涙の重さを知っているのだ。

大人が泣くときというのは、本当に限界が訪れたときだ。それは例えば、子どもの都合を無視して離婚を決めるときような。なにもかもがどうしようもなくなって、理想と現実がかけ離れてしまったとき。理性が感情の境界線に触れてしまって、大人は涙を流す。

大隈(おおくま)教員をあそこまで追い詰めたのは、誰か。

僕だ。僕らだ。

この夏休み、「七々扇(ななおうぎ)よりも大きなテロを実行する」というのを目標に、僕らはテロを企てた。西豪(さいごう)高校の劣悪な夏期講習にひらすらに不満をぶつけていた。

その結果、大隈教員は追い詰められた。ただ泣くことしかできなくなった。

理性が感情の境界線に触れてしまったのだ。

わかっている。わかっているんだ。

悪いのはこの学校で、あんな涙、ざまあみろって笑い飛ばせばいいってことは。

僕らは私怨と偏った正義による報復をすると誓い、本能の赴くままに行動してきた。

僕らの主張やテロが間違っていたとは、微塵も思わない。
大隈教員だって生徒に暴言を吐いていたはずだ。先に悪いことをしたのは向こう。
涙一つ見せられたくらいで僕らが躊躇することはない。躊躇なんてしなくていい。
……でも、でもだ。わかっちゃいるが、どうにも気が晴れないのだ。
おそらく、僕らのしていることが完全なる勧善懲悪ではないからだろう。
わかっていたはずなのに。七々扇の目的を知るために始めた尾行と盗み聞きだったが、
こんなことになるとは。こんな気持ちにさせられるとは。
最悪だ。まだまだ弱いな、僕は。
今すぐにでも胡桃に会って、キスがしたい。そう思ってしまう。
「……帰るか」
僕はゆっくりと立ち上がって、落ち着くために深呼吸を一つした。
今日のことは、ひとまず聞かなかったことにしよう。
立ち上がって、僕は再び廊下に出る。
すると、足元に小さな本のようなものが落ちていることに気づいた。
手に取って見る。それは、どこにでも売っているようなごく普通の手帳だった。
なぜこんなところに手帳が？　誰かの落とし物だろうか。
たしか手帳には、手元に返ってくるよう、記名するためのページがあったはず。

大した手間でもないし、この学校の生徒の落とし物なら届けてやろう。

そんな軽い気持ちでページを捲(めく)って——僕は後悔した。

「これは……」

背筋から後頭部にかけて、寒気が走った。こんなもの拾うんじゃなかったと思った。

だって、これで完全に見て見ぬふりができなくなってしまったのだ。

落とし物の手帳を？　違う。

……大隈香苗(おおくまかなえ)という人間を、だ。

＊

申し訳ないとは思いながらも、僕は手帳を持って胡桃(くるみ)の待つ家に帰った。

僕は今日あったことについて、胡桃と話をしようと思っていた。

そして、その話には、どうしてもこの手帳が即物的な証拠として必要だったのだ。

学校を出て、電車に乗ってターミナル駅に向かう。

人の流れに沿って、ホームに降り立つ。慣れた足取りで乗り換えをする。

再び電車に揺られて数十分。ボロい無人駅で降りる。

日が落ちかけてきている田舎道を歩く。田んぼを抜け、トタン屋根の家を過ぎ、首の折れたひまわりから目を逸らす。すると、明かりのついた古民家に辿り着く。

玄関のドアを開けると、味噌汁の匂いがした。奥からトントンというリズミカルな包丁の音が聞こえてくる。そこで、僕はやっと少しだけ安心することができた。

「あ、先輩。おかえりなさい。今日は遅かったですね」

居間に入った瞬間、視界の奥で黒とアッシュグレーの髪が揺れたのが見えた。

制服の上からエプロンを着た胡桃が、キッチンから顔を覗かせている。

「……うん。用事があったからな。ごめん、一緒に下校できなくて」

「まあ、許してあげましょう。あ、今日の夕飯はローストビーフですよ。もうちょっとで完成するので待ってくださいねー。先にお風呂を洗っておいてくれると嬉しいです」

「ああ、うん。わかった。洗っとく」

「わーい。いつもありがとうございます」

「こちらこそ、いつもご飯を作ってくれてありがとう」

胡桃は幸せそうな口調で「いーえ」と言い、それから、にへらっと笑った。

なんというか、上機嫌にさせてしまったことに対して、少しだけ心が痛んだ。

これからする話は、どうしても感情を重くしてしまうだろうから。

僕は荷物を置いて、椅子に軽く腰をかける。

一呼吸。言いにくさを我慢して、料理に戻ろうとしている胡桃の背中に声をかける。

「あの、さ。胡桃(くるみ)。ちょっと話があるんだけど」

キッチンに引っ込もうとしていた胡桃が、ピタッと止まる。

壊れたおもちゃみたいにグギギと首だけ回転させて、目をまん丸に見開いて僕を見る。

……まさか、僕の態度から話の全容を理解したのか？　さすがすぎる。

以心伝心に感心したのだが、実際のところはまったくもって伝わっていなかった。

胡桃はぷるぷる震えながら、やたら不安そうな声でこう言った。

「ま、まさか……別れ話をするつもりですか……？」

「…………。違うよ。なんでそうなるんだ」

「今、完全にそういう雰囲気でしたけど」

そうだったか。その手の話題は経験も知識も少ないから、まったくわからなかった。

というか、そもそも僕らは付き合ってないだろ……と思ったりしたが、深く突っ込むのはやめておいた。僕らの関係なんて曖昧で複雑すぎてよくわからないし。

それに今は、そんな浮ついた話ができるような状況じゃないはずなのだ。

僕も、そしておそらくは胡桃も。

「ちょっとな。テロについて、話しておきたいことがあるんだ」

「新しい作戦が思いついた……とかではなさそうですね。その様子を見るに」

「うん。そうじゃない。今って時間あるかな？　料理中なのはわかってるんだけど」

「お肉を寝かす時間なので大丈夫です。ちょっと待ってください。火だけ止めてきます」

そう言うと、胡桃はパタパタとキッチンに向かい、そしてすぐに帰ってきた。

エプロンを脱いで、そこらへんにあった机に置く。椅子を引いて、ちょこんと座った。

どこか重苦しい雰囲気の中、いつもの食卓で僕らは二人、向かい合う形になる。

「えっと、それで、先輩？　話っていうのは？」

「そうだな……なにから話せばいいかな……」

変に省略したりして、状況がうまく伝わらなくても面倒だ。

僕は事の発端からきちんと話すことにした。

七々扇（ななおうぎ）の動向が気になって尾行したこと。

七々扇はテロをどうにかしろと教師に言っていたが、僕らの名前は出さなかったこと。

そして学校が荒れるのが嫌と教師に言っていたが、その直後に嘘（うそ）だと言われたこと。

話の本筋とは関係ないキスされたことだけを伏せて、僕はありのままを胡桃に伝えた。

胡桃は頬杖（ほおづえ）をつきながらも、うんうんと真剣に僕の話を聞いていた。

「今日はそれで帰るのが遅かったんですか。私に言ってくれてもよかったのに」

「それは、ごめん。タイミングなくて。言う必要も感じなかったし」

「まあいいですけど。先輩、たまにそういうところありますよね」

胡桃が仏頂面になって、唇を尖（とが）らせる。

これは、たしかに僕のよくないところかもしれない。反省しよう。

胡桃が「それで?」と言って、話の続きを促してくる。

「七々扇先輩の尾行をしたけど、あんまり成果がなかったって話ですか?」

「あ、いや、違う。本題はここからなんだ」

そう。はっきり言って、今は七々扇のことなんてどうでもいい。

それよりも、僕らには考えなければならないことがある。

ぶつからなければならない問題があるのだ。

無意識のうちに漏れそうになるため息を我慢して、僕は胡桃に言う。

「盗み聞きしている中で、大隈教員が泣いているのを聞いたんだよ」

「え? 泣いてるのを? ……あの教師、泣いてたんですか?」

「うん。それもどうやら、僕らのせいでな」

僕らが考えなくてはならないのは、七々扇ではなく大隈教員だ。

「会話から察するに、大隈教員は今年の夏期講習のまとめ役らしいんだ。それで、僕らが夏期講習の不満をテロにしてぶつけていたから、追い詰められているっぽくて」

「ああ……上司の教師からテロをなんとかしろって言われてる、みたいな?」

「まさにそんな感じ。『ふざけたことばっかしてんの誰なんだよ』って言って泣いてた」

胡桃は「そうですか……」と呟くと、思い悩んでいるようにも不貞腐れているようにも見える曖昧な表情を顔に作った。あのときの僕も、きっと同じような顔をしていただろう。

数秒の沈黙。考えをまとめたのか、胡桃が流れるような口ぶりで話し始める。

「なるほどですね。先輩の言いたいことと気持ちは、わかりましたよ。追い詰められて泣いてしまった大隈教員には、その、なんていうか、ちょっとだけ同情します」

「……うん」

「でも、同情するだけ、じゃないですか？　別に大隈教員が完全な善人だったというわけじゃないでしょう。明らかに人としておかしい教育をしているこの学校で、あの教師は他の教師と同じように振る舞っていたんです。それだけで、泣かされて当然だと思います」

表情が同じなら、考え方も同じだった。

そう。そうなんだよ。僕もまったく同じことを思って、納得しようとしたんだ。

でも、無理だった。僕は大隈香苗（かなえ）という人間の抱える事情を知ってしまったから。

「……胡桃。これ、見てくれないか」

僕はズボンのポケットから例の落とし物を取り出して、卓上に置いた。

「これは、なんですか？」

「手帳だよ。大隈教員の。今日、帰るときにたまたま拾ったんだ」

「こんなもの見てなにがわかるんです？」

「いいから。最後のほうを見てほしい」

胡桃(くるみ)が手帳を手に取って、ぱらぱらと捲(めく)る。そして、ある一箇所で手を止める。

呼吸を忘れていると、見てわかった。

まあ、そういう反応になるよな。

手帳の後方。予定を書き込むカレンダーとは別の、フリーで使えるメモスペース。

そこには、この学校を支配する差別法の原点と——

この学校に苦しめられている一人の人間の心情が綴(つづ)られていた。

＊

教師一年目のメモ

学校生活について
・生徒に対しては常に高圧的に接する。友達感覚は甘え。
・成績が悪い者は容赦なく叱り飛ばすこと。成績が低いことは悪いこと。
・上位クラスの生徒は丁重に扱う。貴重な合格実績。
・一直線に受験へ向かうよう生徒をコントロールする。
・部活動は娯楽。成績が悪い者は顧問と連携し、退部を推奨する。（赤点の有無が目安）

・校内でのスマホは見つけ次第没収。自ら職員室に来させ、きちんと謝罪させる。

授業について
・授業中は叱責することで空気を張り詰めさせる。私語を話す余地を与えない。
・赤点を取った者は黒板に名前を張り出して晒す。（赤点を取りたくないと思わせる）
・居眠りを見かけた場合、必ずなにかしらの処罰を与える。

課題について
・授業の最初に進捗を確認する。課題未提出者は起立させる。
・課題の提出率50％以下は名前を呼び上げて注意する。（フルネームを晒す）
・25％以下は全員の前に立たせて注意する。
・0％に近い者は個別注意する。（必ず二人以上の教師で生徒指導室を使うこと）

夏期講習について
・担任は夏期講習の参加生徒は必ず集める。（ノルマ85％）
・黒板に未参加の名前を残しておく。毎年そうしている。
・赤点や進級をちらつかせる。みんなやっているから置いていかれると不安を煽る。

・参加人数によって教師の評価に影響あり。
・夏期講習担当者は各クラスの状況を常に確認し、学年主任に報告する。

こんなのおかしいよ。

生徒のことを怒鳴りたくない。でも、そうしないと主任に怒鳴られる。

私立の進学校ではこれが当たり前？　わからないけど、ずっと悲しい。

もう辞めたい。でも、せっかく就職したのに辞めてどうするんだろう。

主任に怒鳴られて、生徒のこと怒鳴って、私ってなんなの？　意味わかんない。

もう嫌だ。お願いだから放っておいてほしい。責任も意見も押しつけないでほしい。

生徒に死ねとか言いたくないよ。聞くのも嫌だ。死にたい。私が死にたい。

＊

「…………」

胡桃(くるみ)は手帳を持ったまま、黙っていた。

読んでいないわけでも、読み終えていないわけでもない。

何度も何度も同じページを捲(めく)り、何度も何度も目を上下させているのだった。

その様子を見て、僕は少し安心した。きっと、胡桃は僕と同じように思っている。前のようにすれ違いを起こしたりはしていないのだと確認できた。それが、よかった。

僕は予定どおり、帰り道の間にずっと反芻していた考えを胡桃に伝えることにした。

誤解が生まれてしまわないように、ゆっくりと語る。

「なあ、胡桃。夏期講習に不満をぶつけることよりも、七々扇を超えるテロをすることよりも前に、僕らは『僕らみたいな人が現れないようにする』のを目的にしていたよな」

「……そうですね」

「夏休みの前……文化祭でのテロを計画したとき、僕はその『僕らみたいな人』を下位クラスの人と取り違えた。そして、テロをやめようと言って胡桃を傷つけた」

「胡桃。あのときの間違いを繰り返したくないから、今回はちゃんと聞くよ」

「……はい」

「西豪高校のルールに縛られ、上司に暴言を吐かれ、苦しんでいる教師は……ひょっとしたら、僕らが本当に救いたいと思っていた『僕らみたいな人』なんじゃないか？」

「…………」

胡桃は僕をじっと見つめ、何度か口を開閉させた。

胸の中に言いたいことがある。でも、うまく文章にして吐き出すことができないでいる。だから、喉元で逆流してくる言葉たちを飲み込まざるを得ない。そんな様子だった。

しばらくして、胡桃(くるみ)は諦めたように肩の力を抜いた。

自嘲にも似た笑みを浮かべながら、深い呼吸と一緒にぽつりと言う。

「いやぁ……参りましたね。今回は先輩の言うとおりかもしれません」

「……やっぱりそうか」

僕らはずっと、気づかなかった。いや、目を逸(そ)らしてきた。

すべての教師がろくでもなくて、どうなってもいい存在だと思い込もうとしてきた。

でも、現実はそんなに単純な話ではないのだ。

手帳にあったようなルールで、学校に従わざるを得ない教師だっている。良心の呵責(かしやく)に襲われながらも、上司に怒鳴られ、嫌々他の教師に合わせている教師だっているのだ。

職場と道徳の間に挟まれて懊悩(おうのう)している教師に対して、僕らはテロをぶつけていた。

後悔なんてしていない。悪いことをしたなんて、微塵(みじん)も思っていない。

それだけは間違いない。間違いないんだけど……。

でも、な。一つだけ言えることがある。揺るがない事実が一つだけ存在している。

大隈香苗(おおくまかなえ)という教師は、本当の意味での僕らのテロの被害者であった。

学校という概念を対象にテロを仕掛けてきた僕らは、誰かを傷つけることの本当の怖さを知らなかった。今、現実がはっきりとした痛みとなって、僕らの胸を刺している。

「こういう善とも悪とも取れないような問題が一番厄介ですね……」

手帳を置いて、胡桃が深いため息を吐く。

「真の敵は誰なんでしょう。私には大隈教員だとは思えませんし、だからといって学年主任であるとも思えません。……たぶん、強いて言うならこの学校が敵だと思うんですよ」

「……うん。僕もそう思うよ」

「だったら、私たちはなにをするのが正解なんでしょうね」

胡桃の口からふわりと出てきたその言葉が、僕には痛いほど理解できた。

だって、そうだろう。

ここでテロをやめるような甘さは、屋上から飛んだあの日に捨ててきたはずなのだ。

でも、仕方のない境遇に置かれている大隈教員には、同情の余地がある。

善にも悪にも振り切れない心が憎い。曖昧なバランスがとてつもなく気持ち悪い。

僕らと同じような存在を、傷つけるべきではないのではないか。

あの日、先延ばしにすることでやり過ごした問題が、僕らに襲いかかってきていた。

七々扇のことなんて気にしている場合じゃない。

僕と同じように「死にたい」と思ってしまうあの教師と、どう向き合っていくのか。

僕らは、決断しなければならなかった。

四章

死にたい。死にたい死にたい死にたい死にたい死にたい死にたい……。

西豪(さいごう)高校に勤めるようになって、四ヶ月と少し。

あたし、大隈香苗(おおくまかなえ)は限界を迎えていた。

常にピリピリしていて、圧迫感で満ちている。仕事は教えてくれるけど、誰も優しくない。たくさんの人がいるのに、人間味がほとんどない。そんな職場が嫌だった。

教師は生徒に暴言を吐く。その雰囲気をそのままに、新任のあたしにも暴言を吐く。

教師なのか生徒なのか、大人なのか子どもなのかわからない立場。気持ちが悪い……。

そしてなによりも、優しくない人間でいることを強要されるのが嫌だった。

暴言なんて吐きたくない。誰かのことを意図的に傷つけるなんて、したくない。

なんなんだ。なんなんだよ。あたしがおかしいのか……？

思い返してみれば、今のこの状況は嘘吐(うそつ)きなあたしに神様が与えた罰なのかもしれない。

あたしは醜い人間だ。嘘を吐き続けて大人になった。

初めて人生の歯車が狂ったのは……そうだ。同級生との『差』を感じたときだった。

たしか、高校生になった直後だ。

あたしは中学生のころにバスケをやっていた。でも、成長期となっても身長が伸びなかったから、高校ではやめることにしたんだ。

人類単位で見れば、腐るほどよくある話。でも、あたし個人には大きな問題だった。

あの一件から、見えるようになってしまったのだ。周りの人間の眩（まぶ）しい変化が。

周りのやつらは身長が伸びる。あたしは伸びない。

周りのやつらは胸が大きくなる。でも、あたしは変わらない。

周りのやつらには彼氏ができる。あたしは誰にも恋愛対象に見られない。

周りのやつらは服やメイクに興味が湧く。あたしはゲームやお菓子が好きなまま。

あたしはずっと、変われなかったのだ。大人になる方法がわからなくて、悩んでいた。

そして、高校二年のときに進路希望調査があった。

教師になった今でも、あんな残酷なシステムはないと思っている。周りに追いつけていない人間が「なにができるか」「なにをしたいか」と聞かれて答えられるわけないだろ。

あたしは困った。それでも、進路希望の調査書は必ず出さなくちゃいけなかった。

進路指導の教師との面談も勝手に決められる。現実は容赦なく迫ってくる。

急（せ）かされるような環境に耐えられず、ついにあたしは考えることをやめた。

進路希望調査を切り抜けるため、「教師になりたいです」と嘘を吐くようになった。

教師。それは、業務内容をよく知っていて、夢として語っても誰にも文句を言われない高尚な職業だ。大人になれないあたしが、大人を黙らせることができる唯一の武器だった。

「大隈。お前、将来はどんな職業に就きたいんだ？」

「……私は、先生になりたいです」

「先生か！　それならどうすればいいのか一から教えられるぞ。まずな、大学は——」

そのうち、自分の中で嘘が本当になった。あたしは生まれたときから誰かの面倒を見るのが好き。教師になるというのは生涯をかけて成し遂げたい夢。そう思い込んだ。

幸か不幸か、あたしはそれなりに勉強ができた。

大学を卒業し、教育実習を終え、教師になることができた。

よく知っているつもりで、その実なにも知らない教師になってしまったのだった。

……夢として掲げていた教師という職業が、今となってはどんな職業なのかわからない。

西豪高校に勤めるようになってから、自分の中の普通がすり替わってきている気がする。

この学校は、合格実績に取り憑かれている。生徒個人のことなど一切考えていない。

むしろ、勉強させるため、家畜を扱うみたいに生徒に接することを推奨している。

進学校では当たり前の光景なのか。法人として利益を考えるなら普通のことなのか。

こんなあたしが、生徒を叱責していいんだろうか。

そもそも成績が悪いことによる叱責は妥当なのか？　本当にそれは教育なのか？

今でも夢に見る。成績が悪いというだけで怒鳴られ、泣いてしまった生徒の顔を。

この閉鎖的な空間では、なにが正しいのかわからない。

わからない、けど、思うのだ。

今のあたしは、あの日に嘘を吐いてまでなりたかった大人なんだろうか。

＊

胡桃の作ったローストビーフはおいしかった。

夕飯を食べ終わったあと、僕と胡桃はお茶をいただいた。

それから皿を洗って、風呂を洗って、机を片づけて、押入れから布団を出して敷いた。

僕らは毎日やっている食後のルーチンワークを、ひとまず淡々と済ませていた。

静かだった。僕らの生活から会話が消えていた。田んぼの間に点在している空き家の一つのように──それらに紛れてしまえるように、僕らはひっそりと過ごしていた。

おかしなものだ。喧嘩したわけでもないのに、こんな沈黙が訪れるなんて。

「………」

いつもなら居間でテレビなんかを見ている時間に、僕は食卓を離れて縁側に向かった。

夕涼みをしながら、少し頭を冷やしたかったのだ。

大きな窓をガラガラと開ける。床の木目を感じながら、縁側から足を出して座る。

顔を上げると、遠方の山々に日が沈んでいくのが見えた。

日没の時間が早まっている。

田舎というのは、生活の変化が乏しい。人がおらず、常にゆっくりと時間が流れている。

ゆえに、防災放送を基準に生活することになる。「おはようございます」と言われれば起きるし、「よい子は帰りましょう」と言われれば夕飯の準備をする、といった具合に。

定刻通りに活動するので、日没のような時刻に関する日々の変化には気づきやすいのだ。

太陽がその姿を隠していく。ゆっくりと、辺りが夜の帳(とばり)に包まれていく。

ぴゅうと、夏の夜風が吹いた。それと同時に、雑木林の中からヒグラシの声が聞こえた。

鈴のようで、決定的に鈴とは違う、甲高い音。アブラゼミやミンミンゼミの羽音は夏の明るさの裏に潜む影を想起させるが、ヒグラシの羽音は夏の長い夜の始まりを想起させる。

嫌な音だ。目を閉じたら、そのまま暗闇の奥底に落ちてしまうような気がした。

盗み聞きをしたあの教室で感じた、重油のような暗闇に……。

「ねえ、先輩。これなんですか？」

僕を現実に引き戻してくれたのは、胡桃(くるみ)のそんな一言だった。

半身で居間に振り返る。

胡桃は一枚のプリントを持っていた。ぴらぴらと揺らしながら、こちらに見せている。

「ごめん出しっぱなしだった。それ、夏期講習の予定表だよ」

「いや、予定表だっていうのは見ればわかるんですけど。この下のやつが気になって」

胡桃が指差しているのは、プリントの最下部。

夏期講習の最終日となっている、八月の三十一日の欄だった。

「この夏休みの終わり際にある『お疲れ様会』ってなんですか？」

「んー、と。なんて言うんだろ。夏期講習の打ち上げみたいなものだよ」

「打ち上げ？　……あー、待ってください。なんか初回の授業で担任がそれっぽいこと言ってたかもしれないです。最後には楽しいイベントがあるから、真面目に取り組めって」

楽しいイベント、ね。物は言いようというか、楽しいのは一部だけだろうに。

お疲れ様会というのは、伝統的に行われているクソしょうもないイベントだ。概要としては、上位クラスの生徒が下位クラスの生徒に勉強法を教える、みたいな感じだったと思う。

「打ち上げと言っても、世間一般で言われるような打ち上げではないよ」

「あ、そうなんですか。任意参加ですか？」

「下位クラスは原則、強制参加だよ。上位クラスは任意だったはず」

「うわ。マジですかそれ……」

苦虫を噛み潰したように顔を歪める胡桃。

「知らない人間から興味ない自分語りを聞かされるわけですか。最悪では？」

「自分語り、か。そうだな。わかんないけど『上位クラスの承認欲求を満たす』みたいな目的はあるかも。少なくとも、上位クラスを神格化しようとしているのは間違いない」

去年もひどかったんだ。同級生に対してマウント気味に模試と英単語の重要性を語る人間はいるわ、かわいい女子としか話をしない人間はいるわで、気持ち悪いったらなかった。

まあ、僕としては、気持ちよさそうに喋る上位クラスの生徒に対して相槌を打つだけでよかったから、授業を受けるよりはマシだったけどな。いちおう飲み物くらいは出るし。

胡桃が予定表を机の上に置いて「はぁ」と深いため息を吐く。

「いやはや……そんな最悪なイベントよく思いつきますねぇ……」

「最悪かどうかは人によるんじゃないか。勉強法を教えてほしい人もいるかもよ」

「他人のことはどうでもいいです。大事なのは、私が被害を受けたかどうかです。私の中では世界を観測しているのは私だけなので、私が気に食わないものは全部ゴミなんですよ」

まあ、僕が憧れた星宮胡桃ならそう言うだろうな。返事がわかった上で聞いた。

一呼吸置いて、僕はもう一つの用意しておいた質問をする。

「……そんなに気に食わないなら、僕らでこのイベントをめちゃくちゃにするか?」

大掛かりなイベントを標的にするのは、かなり大掛かりなテロになると言えるだろう。いつもなら即決でテロを決め、作戦会議に移行していてもおかしくない。

「めちゃくちゃに……テロをするってことですよね。そう、ですね……うーん……」

でも、胡桃は首を縦にも横にも振らなかった。

夏期講習の予定表に目を落としたまま、口をへの字に曲げるだけ。

僕にはわかる。胡桃はテロに不満があるわけではなくて、単純に躊躇しているのだろう。打ち上げは、おそらく夏期講習の一貫だ。僕らがテロを仕掛ければ、夏期講習担当の大隈教員が被害を受ける。また学年主任に理不尽な怒られ方をして、泣くことになる。そんな未来予想ができるから、胡桃はテロを実行する気になれないのだ。

僕らの間にまた、沈黙が落ちる。

窓の外に目を向けると、太陽も落ちそうになっていた。

そろそろ電気をつけないと。僕の意識も、また暗闇に落ちそうになってしまう。

「くだらないお疲れ様会へのテロ……やりたい気持ちは、あるんですけどねぇ……」

どれだけ待っても、テロの話に対して胡桃がイエスかノーかを決めることはなかった。

少し残念に思った。胡桃に対してではなく、自分自身に対して。

僕は迷いながらでも胡桃に決定してほしかったのだ。最終的に破滅に向かおうが、誰かを傷つけることになろうが、胡桃が決めたことならとことんまで付き合う覚悟がある。

でも逆に、胡桃がこんな様子では、僕までどうしたらいいのかわからなくなってしまう。

この期に及んで胡桃に甘えきっている自分が、どうしようもなく残念だった。

成長でも退化でもいいけれど、僕はもう少し強くならなくちゃいけないな。

「ねえ先輩。今からちょっとだけ私の正義になってくれませんか」

胡桃（くるみ）に突然、そんな不思議なことを言われた。

顔を上げると、胡桃が思い詰めたような顔で僕を見ていた。

「え？　ちょっと待って。どういう意味？」

「『クソみたいな夏期講習をめちゃくちゃにするのが私たちの目的です。その過程で、一人の人間が傷つくとしても私たちは気にするべきではありません』」

そのセリフを聞いて僕は察した。要するに、正義の心役を演じろということだろう。

「えっと、そうだな……『手帳を落としたあの教師、大隈（おおくま）教員は苦しんでいた。この学校のあり方に疑問を覚えていた。なら、僕らと同じだ。泣かせるべきじゃない』」

「『強制されていたとしても、あの教師だって生徒に対して暴言を吐いて、劣悪な教育をしていたことは間違いないです。報復の対象とするには十分すぎる理由だと思います』」

「『あの涙は偽物じゃなかったはずだ。彼女のことを傷つけたくない。彼女を切り捨てるという判断は、慎重に行わなくちゃいけない。僕らの今後を決める大きな決断になる』」

「……なにか見えるかもしれないと思いましたが、ダメですね」

胡桃が素の口調に戻って、肩を落とす。まあ、なにも見えてはこないだろうな。

今回に関して、僕と胡桃が抱いている感情は、おそらく同じなのだ。

こんなことをしても、答えなんて出るわけがない。

「キスをしたら、変わりますかね？」

「……変わらないよ。たぶん」

それでも僕らはキスをした。正義の心とよくわからないなにかは、混ざらなかった。

＊

登校日の翌日。土曜日。

大隈教員は夏風邪をひいたという理由で、夏期講習を欠席した。

彼女の受け持っている世界史の授業は、すべて自習になった。

＊

日曜日になった。夏期講習は一週間に一度の休みを迎えた。

僕と胡桃は昼近くに起きて、朝食を兼ねた昼食を取った。

それから食器洗いや掃除をして、暇な時間は居間にあるテレビを眺めて過ごした。

二人向かい合って食卓の席に座り、悪いニュースが目に入ればチャンネルを変え、毒にも薬にもならないバラエティ番組をひたすらに見た。僕らは起きてからずっと家にいた。

休日なので遊びに行くこともできるが、僕も胡桃もそんな気にはなれなかった。

というか、そんな天気ですらなかった。

今朝から、激しい風が古民家の窓ガラスをガタガタと揺らしている。

空には分厚い雲が広がっていて、今にも雨が降りそうだった。

ザッピング中に目に入ったニュース番組では、台風が近づいていると言っていた。

八月といえば、そんな季節か。

頭痛を感じていた僕は、気圧の問題だったのかと妙に納得してしまった。

「……洗濯物、家の中に入れたほうがよさそうですね」

テレビのリモコンを置いて、胡桃(くるみ)が席から立ち上がる。

「そうだな。僕も手伝うよ」

「そんなこと言って。私の下着が見たいだけじゃないですか？　えっち」

「善意で言っただけなのにひどい言われようだ」

そう言って、軽く笑う。慣れたもんなやり取りだが、お互いにどこか覇気がない。

なんだかな。こんなときは、天気くらい晴れていてほしいものだ。

しかし、胡桃が縁側から洗濯物を干している庭に向かおうとする。

しかし、窓に手をかけたところで動きを止めた。

ピンポーン、と、間延びしたインターホンが鳴ったのだ。

「もう。誰ですか、こんなときに……」

胡桃が回れ右をして、玄関に向かう。

この家では、どんな状況でも来客は胡桃が対応することになっている。

家事分担という話ではない。僕の存在を広めないためだ。

僕は胡桃の許可を得てこの家に転がり込んでいるだけの存在だ。当然、この古民家を所有している胡桃の親戚なんかは、僕が住んでいることを知らないでいる。高校生の同棲がバレたら、大人は誰かしら問題視するだろう。そういう面倒を避けるための決め事だった。

そして、そんな僕らの警戒は、どうやら無駄じゃなかったらしかった。

「胡桃ーっ。いるんでしょー。早く開けてー」

玄関先から聞こえてきた女性の声を聞いて、胡桃の顔がさっと青ざめた。

何事かと思っていると、胡桃がすり足で玄関に駆けていく。

そして、すぐに戻ってきた。胡桃は焦ったような様子で、なぜか僕の靴を持っていた。

「せ、先輩。靴を持ってどこかに隠れていてください」

「え？　なんで？　誰が来たんだ？」

「母ですっ……！　ほら、行ってください。早く早く！　こっそり同棲しているなんて母に知られたら、なに言われるかわかったもんじゃないですっ」

「あら？　もしかして鍵開いてる？　もう、気をつけてって言ったでしょ。開けるわよー」

物音を立てられない上に、時間がない。

胡桃に靴を押しつけられた僕は、急いで近場にあった押し入れの中に潜り込んだ。

ほこりの臭いがする真っ暗闇。胎児のように背中を丸めた状態で、なんとか収まる。

息を殺して隠れていると、ふすまの向こうから足音と床の軋む音がした。

胡桃の母は、どうやら家に上がったらしい。二人の会話が聞こえてくる。

「あら？　意外と綺麗にしてるのね。もっと散らかってるかと思ってた」

「ちょっとママっ。なんで上がるの？　っていうか、なんで来たの？」

「台風が近づいてるってニュースで見たから、食料を持ってきてあげたのよ」

「いや別にいらないよ。買いだめしてあるし……」

会話の様子から察するに、僕が寝泊まりしていることはバレていないようだ。

危なかった。男女が一緒に生活をするとさすがに不都合な場面が出てくるため、僕は自分の荷物を居間ではない別室にまとめて置いている。それが幸いした形である。

胡桃の母は、僕にも同棲にも気づかないまま、近況についての会話を始める。

「この前、登校日だったでしょ？　どうだった？　ちゃんと行けた？」

「……うん」

「退学を保留にするって言ったときは応援したけど、無理しなくていいんだからね。夏期講習もいちおう申し込んだけどさ、休んじゃったって別にいいんだし」

「そんなことわかってるよ」

「お兄ちゃんがいい大学に行ったからって、胡桃には関係ないことだからね」

「…………」

胡桃にはお兄さんがいるのか。そういえば、復讐ノートにそんな記述があったっけ。

関係ないこと。胡桃の母は気遣うように言っていたが、本当にそうだろうか。聞きようによっては、わざわざそんなことを口にする時点で比べているようなものな気がするが。

胡桃はなにをどう思って黙ったのだろうか。

僕にはよくわからなかった。母に気遣われる経験も兄妹で比べられる経験もない僕には。

「もう、胡桃。なんでそんなに暗い顔してるの？　大丈夫だって言ってるでしょ？」

「…………」

「胡桃が小さいとき、ちょうどお兄ちゃんの反抗期でさ。今の胡桃より手がかかって仕方なかったんだから。私のことクソババアとか言って、それに比べたら胡桃なんて……」

「……お兄ちゃんがすごいのはわかったから、もう帰ってよ」

母の話を遮るように、胡桃がぽつりと呟く。

「なに？　すごいなんて一言も言ってないでしょう？」

「言ってるよ、いつも」

「私は胡桃を励まそうと思って言ってるのに。どれだけ優しい言葉をかけてもらっても、そうやって受け取る側が拒絶しちゃってたら始まらないでしょ？」

「わかったから！　もう帰ってよ！　食料品は私が冷蔵庫に入れとくから」

「心配してるのに、なんでいつもそうやって不機嫌になるの」

「今、それどころじゃないの！　私は大丈夫だから！　ほら、帰って」

バタバタと足音が遠ざかっていく。

どうやら胡桃は、強制的に母を玄関へと向かわせたようだ。

「ちゃんとご飯は食べるのよ。カップ麺とかばっかりじゃダメだからね」

「わかってるって！　ちゃんと食べてる」

「もうすぐ学校、始まるんでしょ？　一人暮らしも終わりなんだし、ギリギリになる前にちゃんと荷造りしておきなさいね。あとで車で取りに来てあげるから」

「……わかってるよ」

その会話の直後、玄関の戸が閉まった音がした。

僕がこっそりふすまを開けると、エンジンをかける音と車が遠ざかる音も聞こえてきた。

無事に帰らせることに成功したようだ。バレなくてよかった。

僕は完全にふすまから出て立ち上がり、体についたほこりを叩いて落とす。

「お手数をおかけしました、先輩」

「別に。これくらいなんともないよ。見つからなくてよかった」

「……そうですね」

胡桃の顔が、今朝よりも沈んでいるような気がした。

「もう夏も終わりですね」

胡桃は縁側の窓まで歩いていくと、外を眺めながらぽつりと言った。

空が暗い。小雨が降っていて、洗濯物が少し濡れてしまっているようだった。

縁側に出て、しっとりとした服を取り込みながら、僕は思い悩む。

これから僕らは、どうすればいいのだろうか。

大隈教員の置かれている境遇には、同情の余地がある。

だが、今日まで僕らのやってきたことが間違っていたとは思わない。

考える必要がある。あの大隈香苗という教師は、僕らと同じなのか、それとも違うのか。

彼女に対して同情の念を抱くのが正しいのか、正しくないのか。

夏の終わりに向けて、僕らはどう立ち回るべきなのか。

胡桃と胡桃の母の現実的な会話を聞いたあとでは、どこか陳腐な悩みに思えた。

＊

胡桃の母が来訪した日の晩。

台風は予報どおり、逸れることなく僕らの住んでいる地域に直撃した。

風をうねらせ、大雨を降らし、人や家に損害を与える災害。

特筆すべきことはない。一年に一度は見るような、どこにでもある最悪な台風だった。

僕らはニュースで、今日の夜に天気が荒れることを知っていた。

なので、事前にある程度の対策をしていた。

雨戸を閉めたり、鉢植えなどの飛ばされると危ないものを家の中に避難させたり。

二人で相談して、考えうる限りの対策をした。

……だがしかし、この家は古民家なので色々と不安は残るのだった。

窓ガラスがガタガタと揺れていて、今にも割れそうで怖い。

屋根が飛んだりしなければいいが。さすがにそれはないと思いたい。

風の音をかき消すように、僕は食卓の席に着いてテレビの音量を上げた。見る必要のない台風のニュースからチャンネルを変える。快晴の商店街で底抜けに明るい芸人がロケをしていた。僕は初めてテレビ番組の収録と放送にラグがあることをありがたいと思った。

「夕飯、どうしましょうね」

部屋着の上からエプロンを着ている胡桃(くるみ)が、キッチンに立ったまま言う。

「台風の対策をしていたので、まったく準備してませんでした」

「無理して作る必要ないだろ。冷凍食品とか、買ってあったんじゃないか？」

「……うん。そうですね。でも、料理して気を紛(まぎ)らわせたいという気持ちもあるんですよ」

「そういうことなら、僕は待つよ。胡桃の好きなタイミングで作ってくれればいい」

「またそんな甘やかすようなこと言って。それもなんか、先輩に申し訳ないんですよねぇ」

胡桃がふらふらと食卓にやってきて、机上にぐでーっと身を投げ出す。

丸っこい後頭部が目の前に晒されている。

胡桃はキャスケットを被っておらず、インナーカラーを解放しているだけだった。

僕は彼女の頭を撫でた。胡桃はむすっと頬を膨らませたが、されるがままだった。

わがままな猫みたいだと思った。

「ねえ、先輩。嵐が過ぎたら、この気持ちも晴れると思いますか？」

「どうだろうな。そうだといいけど」

「晴れた空に、私たちが求めている答えは書いてありますかね？」

「……それは、ないな。断言できる」

思い出すのは、初めて七々扇と会ったあとの授業。

悩んだ僕がふと見上げた、窓の外。青空に浮かんでいる積乱雲は、真っ白だった。

あの雲を見て、僕は思ったんだ。

答えも道標も、どこにも書いてない。だから、ぼうっとしていたって仕方ないって。

手を取り合ったあの日から、僕と胡桃は生きたいように生きることにした。

なら、自分たちのことはすべて自分たちで決めるしかないのだ。

僕がここで同棲をすると決めたのと、そう変わらないんだよ。選ぶのは僕らなんだ。

それが、僕らの負わなくちゃいけない責任なんだ。

……それがわかっていても割り切れないから、こうして困っているんだけどな。

「どうしたもんですかねぇ……」

机に顔を伏せる胡桃。僕はまた、彼女の頭を撫でる。

電気で無理やり明るくしただけの暗い部屋の中に、ゆったりとした時間が流れていた。

もしかしたら、このまま時が止まることが僕らの最善で、幸せなのかもしれない。

虚無的な思考は粘度の高い空気にゆっくりと溶けていくような気がした。

「今日は僕がご飯を作ろうか。手伝いなら無理なく気を紛らわせられるんじゃないか？」

「んー、たしかに。先輩がいいなら、それもいいかもしれませんね……」

そうと決まれば、冷蔵庫の食材を見て料理を考えないとな。レシピはスマホで調べたら
出てくるだろう。簡単に作れそうなものがあるといいけど。

そんなことを思って僕が立ち上がろうとした、そのときだった。

風の音に紛れて、またもインターホンの音が鳴った。

僕と胡桃は二人ほぼ同時に、玄関の方角に目を向ける。

「ええ？　こんな天気の中、誰でしょう？　宅配便とかですかね？」

「どうだろう？　なにかを頼んだ覚えはないけどな」

「私もないです。古民家カフェの営業に関する荷物ならありえるかもですけど……」

仕入れとかの可能性か。こんな夕飯時に配送しているとは思えないけどな。

外に出たら死ぬんじゃないかってくらい天気も荒れているし。

「……もしかしたら、助けを求めている人かもしれない」

「え、やばいじゃないですか。とりあえず出てみたほうがよさそうですね」

机上から起き上がった胡桃が、玄関に向かう。

まあ、こんな台風の中で外に出る非常識な人間なんているわけないし、十中八九胡桃の親族だと思われる。胡桃の母と同じように、親戚とかが様子を見に来たのだろう。

また家に上がる展開になるかもしれない。僕は隠れておいたほうがいいだろうな。

縁側の外に置きっぱなしだった靴を取って、僕は押入れに向かった。

しかし、ふすまに手をかけたところで、ぴたりと固まることになった。

「……うわぁ!?　ちょ、ちょっと！　先輩っ！　来てくださいっ!!」

そんな事件性を帯びた胡桃の声が、聞こえてきたのだ。

僕は弾けるように床を蹴って、玄関口へと走った。

まさか不審者か？　たしかに台風のときを狙えば、助けを呼ばれにくいかもしれない。

なにやってんだ僕は！　もう少し、警戒するべきだった！

「どうしたっ!?　大丈夫か胡桃っ!?」

廊下を抜け、玄関に躍り出る。

驚いた顔で振り返る胡桃（くるみ）の奥に、そいつはいた。

そこにいたのは、たしかに非常識な人間であり、僕らにとっての不審者でもあった。

彼女の名前は――七々扇奈々（なおうぎなな）。

制服姿の七々扇が、玄関の先でニヒルな笑みを浮かべていた。

「こんばんは。いい天気だね？」

不敵に笑いながら、七々扇は長いポニーテールを揺らす。

その瞬間、はらりと水滴が飛び散った。

彼女は傘を持っておらず、レインコートなども着ていなかった。頭からつま先まで余すところなくびっしょりと濡（ぬ）れてしまっている。ワイシャツが体に張りつき、メリハリのある美しいボディラインがはっきりと浮き出てしまっていた。

なんなんだ。どうしてこいつは水浸しなんだ。

というか、なぜここに来た？　そもそも、どうしてこの場所がわかったんだ？

頭の中が疑問符で埋め尽くされるような感覚がする。

相手は七々扇だ。考えすぎちゃいけない。解消できる疑問から解消するしかない。

僕は胡桃の手を引いて後ろに下がらせ、七々扇と対峙（たいじ）する。

「七々扇。なんの用だ。というか、どうしてここがわかった？」

「さて、どうしてだろうね？　聞いても怒らないって言うなら教えてあげようかな」

「悪いけどもう怒ってるから、その条件は呑めそうにない。普通に答えろ」

「わお。怖いなぁ。わかったわかった。教えるよ。……蓮くん、これ知ってる？」

そう言って七々扇が胸ポケットから取り出したのは、円形のメダルのようなものだった。

「GPSタグって言うんだよ。スマホと連動しておけば、このタグの所在がいつでもわかるの。本来は落とし物のために使ったりするんだけど……どう使ったかはわかるよね？」

「……まさか、僕らの荷物につけたのか？　いつ？」

「前に蓮くんのバッグを触ったときに、ちょっとね」

それは、いつのことを言ってるんだ。学校で七々扇と接触する機会は、そこまで多くなかったはず。バッグに触れられるようなことはあったか？　まったく記憶にない。

「んもう。鈍いなぁ。こう言ったら思い出してくれるかな？」

七々扇は目を細めると、あの日と一言一句違わないセリフを口にした。

「『女の子に会うならちゃんと身なりを整えないとダメだよ？　バッグほこりっぽいし』」

……思い出した。逆ナンパだ。下校直前に声をかけられた、あのときか。

僕はいつも使っている部屋に戻って、自分のバッグを確認した。

すると、小物を入れるチャックの中に、先程七々扇が持っていたものと同じGPSタグが見つかった。やられた。普段まったく開けない部分だったから、気づかなかった。

なるほど。天体観測部の部室を特定できた理由もこれがあったからだったのか。

僕は玄関に戻り、七々扇(ななおうぎ)に向かってGPSタグを放り投げる。

「まるでストーカーだな。こんなの完全に犯罪行為だろうが」

「あははっ。犯罪行為とか、君らにだけは言われたくないなぁ」

七々扇はタグを片手で華麗にキャッチすると、するりと胸ポケットにしまった。

妙にかっこいい真似(まね)しやがって。相変わらず食えないやつ。

「ここを突き止められた理由はわかった。それで？ なにをしに来たんだ」

「それはもちろん話すつもりだけど、とりあえず中に入れてくれない？ 夏とはいえ、さすがに濡(ぬ)れた状態で風に晒(さら)されていると寒いんだよね。風邪引いちゃいそう」

「……台風の中、来るからだろうが。なんでこんな日に来たんだよ」

「そんなの決まってるじゃん。門前払いされにくくするためだよ」

「はあ？」

僕が訝(いぶか)しげな顔をすると、七々扇は妖しく口元を歪(ゆが)ませた。

「蓮(れん)くん。胡桃(くるみ)ちゃん。中に入れて。君らは私を拒絶できないはずだよ」

「……どうしてだ」

「私が今日ここに、大隈(おおくま)先生の話をしに来たからだよ」

その言葉を聞いた瞬間、僕と胡桃は同時に息を止めた。

大隈教員について。それは、目下解決しなければならない僕らの課題だ。

なぜここで、それに繋(つな)がるのか。七々扇がその話題を出すのか。

疑問に思いはしたが、その一方で、不思議と納得している自分もいた。

ああ、そうだ。思えば、大隈教員の近くにはいつも七々扇がいた。

七々扇はなにをどこまで知っていて、僕らになんの話をしようというのだろう。

知りたい。いいや、もしかしたら僕らは、知らなければならないのかもしれない。

僕と胡桃は互いに顔を見合わせる。

「っていうか、入れてくれないとこの天気の中で帰ることになるから死んじゃうよ?」

「……風呂場は向かって左の中央にある扉です」

「おー、よかった。胡桃ちゃんは気が利くね？　ありがとー」

目線でお互いに確認をして、僕らは七々扇を家に上げることにした。

渋々の決断のような雰囲気だったが、僕は当然の結論だと思った。

だってそうだろう。

ここで「台風で死ね」と言えるほどの冷酷さがないから、僕らは困っていたんだ。

＊

「お風呂ありがとう。風邪ひきそうだったから助かったよ」

僕と胡桃が居間のいつもの席で待っていると、シャワーを浴びた七々扇が戻ってきた。

バスタオルを胸元に巻いただけの姿。体から湯気を発している。

目に毒すぎる格好だ。見ていたら胡桃に足を踏まれたので、僕は素早く視線を外した。

「ちょっと。なんでそんな格好で出てきたんですか。着替え置いておいたじゃないですか」

「あれ胡桃ちゃんのワイシャツだよね？　ちょっと小さくてさ。主に胸のところが」

胡桃が顔をしかめながら大音量の舌打ちをする。怖いよ。

「……洗濯物が乾くまで僕のワイシャツを貸すよ。男女で作りが違うのかもしれないけど、ある程度サイズが大きければ着ることくらいできるだろ。それで我慢してくれ」

「いいね。蓮くんのシャツ。洗面所のカゴ中に畳んであったやつだよね？　着てくる」

「先輩。私が着たシャツを他の女にも着せるつもりですか」

「仕方ないだろ。というか、あれは僕のシャツだから」

胡桃は「そうですか」と言ってさっきよりも大きな音で舌打ちをした。だから怖いって。

七々扇が洗面所に戻ってすぐに、ドライヤーの音が聞こえてきた。

長髪だと乾かすのに時間がかかるのだろう。僕と胡桃はかなり待たされた。

約二十分後。大きめのワイシャツを一枚だけ着た七々扇が、再び居間に姿を現した。

「ちょ、七々扇先輩っ。下はどうしたんですか、下は！」

「え？ 蓮くんのシャツ、丈が長いから見えないし、このままでいいかなーって」

「いや、あのっ……！ はぁ。……よくないですが、もういいです」

胡桃はため息を吐いたあと、頬杖をついてぐったりした。文句を諦めたらしい。

それがいい。七々扇は行動が読めない奇人。基本的になにを言っても無駄だからな。

七々扇が空いている席から椅子を取ってきて、僕らのいる机の前に座る。

四角形の机の三面を使い、僕と胡桃の間に七々扇が入る形で本題が始まる。

僕と胡桃は居住まいを正して、七々扇に視線を向ける。

「それで……大隈教員の話ってなんですか。七々扇先輩はなんで来たんですか？」

「うーんと、ね。そろそろ頃合いかなと思って話しに来た」

「はい……？ 頃合いって、なんの話ですか？」

「七々扇。お前はこの夏、なにをしていたんだ。いい加減、僕らにもわかるように話せ」

「二人して詰め寄らないでよ。ごめんって。……今日、ちゃんとすべて話すからさ」

七々扇はいつもよりほんの少しだけ柔和に笑うと、僕らに問いかける。

「君たちさ、大隈香苗っていう教師のことで悩んでいるよね？」

念のため確認しているような口ぶりで、七々扇が尋ねる。

「あの先生、だいぶ病んでるよね。というか、精神的に壊れちゃったね？」

「別に、壊れては……泣いてはいたらしいですけど……」

「君たちのせいだ。君たちがテロをやったから、あの人は苦しんだ」

「………」

「そして、そのまた一方で、ああなったのは私のせいでもあるんだよ」

私のせい、とは。聞く間もなく、七々扇が話を続けていく。

「蓮くんと胡桃ちゃんは今さ、西豪高校の抱えている闇に苦しめられている大隈先生を、テロをすることで傷つけていいのかどうか。そんな感じに悩んでいるんじゃない？」

「……なんだよ。僕らの会話を盗み聞きでもしたか？」

「蓮くんじゃないんだから、そんなことしないよ。……ま、そう言うってことは、図星ってことだよね。ねえ、なんで君らの悩みがわかったと思う？　教えてあげようか？」

「………」

「私がそうなるように仕向けたからだよ」

七々扇は冷ややかに言い放つと、一転。

「それじゃ、まずは今の状況まで持っていった経緯から話そうかな？」

部室に来たときのように、場に適さない明るい口調で解説を始める。

「スタートは天体観測部の部室にお邪魔したときだね。私はあのとき、『大したことないなんて言えないようなテロを起こしてあげる』って言って、君たちを挑発した。君たちが私に対抗するように夏期講習に対してテロを起こすよう、仕向けたんだ」

「ちょっと待て。この話はそんなに前まで遡るのか？」

「そうだよ？　というか、私の計画は、計画自体はずっと前……そうだな。君たちがマネキンのテロをやったときにはすでに、始まっていたんだ」

七々扇は目を細めると、予め用意していた文章を読むように真相を語っていく。

「私の狙いどおり、挑発された君たちはテロを起こした。もしかしたら、君たちは私のことなんて関係なく反抗していたのかもしれないけど、とにかくテロを起こしてくれた」

僕が思い返したのは「七々扇よりも大きなテロを実行する」という目標。

あの時点で、僕らは七々扇の手のひらの上だったということか……？

「それでね？　君らがテロをする一方で、私はずっと、大隈先生にテロについて相談していたんだ。明細書やテストの紙を持っていって、話し合いの場を設けてもらっていた」

生徒指導室。校舎の外れにある教室。やはり、あれはそういう話し合いだったのか。

「大隈先生は夏期講習の担当。学校でなにか問題が起これば、対処しなければならないことを私は知っていた。だから、ひたすら彼女に圧力をかけ続けた。『学校をどうにかしてください。荒れていて嫌です。大隈先生にしか相談できません』って無茶を言ってね」

「まあ、上位クラスのお前の言うことなら無視できないだろうな」

「そうそう。……でもさ、学校の大問題を新任教師がなんとかできるわけないじゃん？」

七々扇は嗜虐的な笑みを浮かべると、

「大隈（おおくま）先生は上司と私に追い詰められることになるよね。そして、蓮（れん）くんたちのテロは止まらない。その結果、気持ちのやり場がなくて、どうしようもなくなって、壊れてしまう」

「…………」

「胡桃（くるみ）ちゃんの話では、泣いてたりもしたんだっけ？」

話を振られるが、胡桃はなにも答えない。

七々扇（ななおうぎ）は肩を竦（すく）めて、特に気にする様子もなく話を続ける。

「まあ、いいや。大隈先生が壊れたら、あとは簡単だよ。いい感じのタイミングで蓮くんに大隈先生の手帳を渡す。そうすることで、今の状況が出来上がるってわけだよ」

「あの手帳は、七々扇がわざと落としたのか？」

「そうだよ？　ちょっと前に、たまたま拾ってね。手帳の中を見て、大隈先生をこの計画の標的にするって決めたんだ。どう？　ここまでわかってくれたかな？」

僕と胡桃は顔を見合わせたあと、七々扇に訝（いぶか）しげな目を戻す。

「……まあ、話の流れだけは掴（つか）んでるよ」

この夏、七々扇がなにをしていたのかは、なんとなくだがわかった。

今の状況になった理由についてもまあ、ある程度は理解した。

でも、まだ肝心な部分を聞けていない。知ることができていない。

七々扇が、大隈教員を苦しめて、僕らを悩ませたその理由とは、なんなのか。

大隈教員を標的にしたこの計画の全貌は、なんなのか。

胡桃が深呼吸を一つする。そして、七々扇のことを強く睨みながらこう尋ねた。

「ここまで話したなら、答えてください。結局、七々扇先輩の目的はなんなんですか」

「初対面のときから言ってるでしょ。テロを起こして、仲間にしてもらうのが目的だよ」

「大隈教員の精神を壊すのがテロだって言いたいんですか？　冗談じゃない。私たちは、特定の誰かに対するいじめを目的に活動しているわけではありません」

「そんなことわかってるよ。私だって、ただ大隈先生を苦しめたくてこんなことをしたわけじゃない。……私のやろうとしているテロは、まだ終わってないんだよ。やっと最終フェーズに入ったところなんだ。ここからが一番、おもしろいところだよ？」

「……それは、どういう意味ですか？」

七々扇は、今まで見てきた中で一番、不敵な笑みを見せていた。

「大隈先生を救いながら、同時に、学校に対してめちゃくちゃ大きな反抗をする……もし、そんな素敵なテロがあるって言ったら、君たちは唸るんじゃないかな？」

この夏の最終着地点。七々扇が見据えていた、僕らを唸らせるようなテロ。

それは、僕と胡桃がまったく予想していなかったものだった。

「ねえ、大隈先生を仲間にしてみない？　もしそれができたら、私のことも仲間にしてよ」

五章

大隈(おおくま)教員を仲間にする。

七々扇(ななおうぎ)の発想は、突飛で馬鹿げているようで、考えれば考えるほど合理的だった。

だって、そうだろう。

僕らの仲間になるということは、大隈教員が今後このクソみたいな学校に復讐(ふくしゅう)していくということだ。それはまさしく『僕らみたいな人』が救われる展開だと言える。

また、教師の一人を仲間に引き入れるということは、学校への大きな反抗にもなっている。これから先、教師を通して学校の内部にテロができるので、戦略の幅が広がるからだ。

つまり、僕らと同じような人を救えて、学校に対して大きな反抗ができるということ。

大隈教員を仲間にすれば、僕と胡桃(くるみ)が抱えていた悩みは一気に解決するのだ。

実現可能かどうかにさえ目を瞑(つぶ)れば、これ以上ない作戦と言える。

悔しいが、僕らの悩みは大隈教員を仲間にするという形で解消するのが一番だと思った。

それにほら、ただ泣かされたままでは大隈教員があまりにも救われないしな。

僕と胡桃は若干の迷いを経た末に、七々扇の作戦に乗ることにした。

「いいでしょう。大隈教員を仲間にできたら、あなたのことも仲間にします」

「ありがとう！　それで、なんだけど。仲間にするときに、ちょっとだけ協力してくれない？　大丈夫。もし仲間にすることに失敗しても、君たちの顔が割れることはないから」

ここまで来て罠だとは思えない。というか、僕らは信じるしかなかった。

周到に準備していた、七々扇の計画を。

「……わかりました。できる範囲なら協力します。先輩もそれでいいですね？」

「うん。このまま燻っていても仕方ないしな。いいと思う」

「決まりだね。じゃあ、作戦を話すね。まあ、そんなに難しいことではないんだけど……」

夏休みの終わり。僕らは再び、七々扇奈々と契約を交わすことになった。

大隈教員を仲間にするべく動きだすことになった。

仲間にする交渉は七々扇が行うらしい。

僕と胡桃は、七々扇の想像している話の展開を確認して、必要な物だけ用意した。

＊

休みが明けて、数日後。いよいよ決行の日がやってきた。

舞台は第三校舎最奥。前に大隈教員が泣いていた、あの空き教室である。

今から七々扇が大隈教員に対して行う交渉は、誰にも聞かれてはいけないものだ。

密会ができ、なおかつ教師を呼び出しやすい場所が必要である。

考えた結果、最も適していると思った場所がこの教室だったのだ。

「それじゃ、蓮くん。胡桃ちゃん。手筈どおりによろしくね」

「ああ、わかった」

「オーケーです」

七々扇が最奥の教室で待機し、僕と胡桃はそのすぐ隣の教室で作戦に備える。

大隈教員の呼び出しは、七々扇の名義ですでに済んでいる。

そろそろ指定した時間になるはずだが、果たして現れるのか……。

息を潜めて待つこと数分。

廊下の奥から、コツコツという小さな足音がした。その足音は徐々にこちらの方へと近づいてきて、僕と胡桃がいる教室の壁一枚向こう側でぴたりと止まった。

「……七々扇。あたしを呼び出してなんの用だ？」

暗闇の中で聞こえたその声は、間違いなく大隈教員のものだった。

以前と比べて、大隈教員の声からは、明らかに覇気がなくなっていた。疲れきっているような、吐き気を抑えているような、そんな弱々しい感じがする。

また主任に怒鳴られでもしたのだろうか？

僕らの知らないところで、だいぶ追い詰められていたようだ。

「なあ、七々扇。もしかして、また風紀についての相談か？」

「そんなところです。とりあえず入ってください」

「もうやめてくれよ……なんであたしなんだよ……」

「なにか言った？　大隈先生」

「……いいや。なんでもない。今回はなにがあったんだ？　早く終わらせよう」

二つの足音が遠ざかり、隣の教室へと吸い込まれていく。

今だ。教室の扉が閉められる直前、僕と胡桃は廊下に飛び出し、行動を開始した。

七々扇と大隈教員のいる教室に二人で突入。胡桃は右手に、僕は左手に向かう。

教室のドアを閉め、その前に立つ。仁王立ちの体勢で、出入り口を封鎖する。

「うわ、びっくりした。な、なんだ……？」

ドアの閉まる強い音に反応して、大隈教員が振り返る。

そして、僕と胡桃を見て、ぎょっと目を丸くした。

まあ、そんな反応になるのも当然だろうな。

僕と胡桃は今、ちょっぴり変な格好をしている。

僕は狐(きつね)の仮面を、胡桃は猫の仮面を被(かぶ)ってきているのだ。

今日の僕らの仕事は、大隈教員をこの交渉の場から降ろさせないこと。それから、第三者の介入を防ぐことだ。素顔を見せる必要はないので、このような形を取っている。

突如として現れた不審な生徒に、大隈教員が訝しげな顔をする。

「……おい、七々扇。こいつら誰だよ。お前の知り合いか？」

強めの口調で聞かれても、七々扇は動じない。近くにある椅子を引き、長い足を優雅に組みながら座る。飄々とした態度を崩さずに、大隈教員の質問を受け流す。

「ご心配なく。ボディーガードみたいなものだから、気にしなくていいよ？」

「はあ……？　意味がわからん。なんのつもりだよ……」

「先生。今日はあなた個人にお話があるんです。まあ、座ってよ。大事な話があるからさ」

大隈教員は、出入り口を封鎖する僕らと七々扇を交互に見る。

野生動物が天敵との距離を測るときのような沈黙だ。

予想外すぎる妙な展開に対し、大隈教員はどうするか決めかねていたようだった。

だが、このままでも状況が動かないと悟ったのか、しばらくしてゆっくりと席に着いた。

薄暗い教室。七々扇と大隈教員が向き合って座る形となる。

「なあ、七々扇。これは、なんだ？　今日は学校の風紀とか、生徒がやってるテロ行為とかの話をするためにあたしを呼んだんだよな……？　いつもみたいに……」

「さっき言ってたでしょ？　そんなところです、って」

「………」

「ごめんね？　あれ、正確には違うって意味だよ」

七々扇がにやりと笑う。それと同時に、大隈教員の顔がわずかに強張（こわば）った。

さて、場は整った。ここから先、僕と胡桃（くるみ）ができることはなにもない。

夏休み前から思い描いていた七々扇の作戦が始まる。終局に向かって、動きだす。

七々扇が息を吸い、はっきりとした口調で『交渉』を始める。

「大隈先生。今日はね、茶番をやめるためにあなたを呼んだんですよ」

「……茶番って、なんのことだよ」

「簡単な話です。前からたびたび起きているテロ事件の犯人をお伝えしようと思いまして」

「……へ？　犯人？　まさか、誰がやってるのかわかったのか？」

「ええ。わかりましたよ。というか、ずっと前からわかってたんだけどね？」

「誰だっ⁉　教えてくれ！　そいつが変なことをやめれば、少しは楽になれる！」

腰を浮かせる大隈教員を、七々扇が制して座らせる。

犯人の告発。本来なら僕と胡桃は止めなくちゃいけない展開だが、僕と胡桃は動じない。

事前の説明により、七々扇の次の言葉と、この先に続く会話の展開を知っているからだ。

「あははっ。大隈先生、必死だね？　いいよ。そんなに知りたいなら教えてあげる」

悪女のように笑いながら、七々扇は小さく息を吸う。

そして——あまりにも自然な口ぶりで、さらりと嘘（うそ）を吐（つ）いた。

「テロを行っていた犯人は私ですよ」

「……えっ。……は？」

数秒固まったあと、間抜けな声を出す大隈教員。

そんな彼女に対して、七々扇は畳みかけるようにこう続ける。

「この前のテスト流出風の事件。暴言の明細書。『サラシクビ』という落書きと気味の悪いマネキン。あと、その前の暴言放送も含めて、私がすべてやったテロ行為です」

「……はあ⁉　いや、わけがわからん！　七々扇が犯人なわけないだろ⁉」

「え、なんで断言するの？　私、自己申告しているんですけど？」

「だって……だって！　七々扇はテロが起こるたびに、私にどうにかしてくれって言ってたじゃないか！　お前は上位クラスの生徒だし、なんで……？　意味がわからない！」

声を荒らげる大隈教員に対し、七々扇はあくまで淡々と話す。

「この学校の環境ってゴミじゃないですか。授業は課題の進捗報告ばかりでまともにやらないし、なにかあればお金を取ろうとする。生徒のことをなにも考えていない学校でしょ」

「え、いや、ちょっと待て……そんなことは……」

「立場上の否定とかいいから。ゴミでしょ？　この学校。まずはそこを認めてください」

「…………。それは……その……」

大隈教員は押し黙り、ばつの悪いような面持ちで七々扇から目を逸らした。

手帳にあんなことを書くくらいだ。心当たりがあるから反論できないのだろう。

望んでいなかったとはいえ、自分も暴言を吐いたりしていたわけだしな。

流れを切らないため、七々扇は大隈教員が「学校がゴミ」と認めた体で話を進める。

「私はこの学校が嫌いなの。ろくでもない体制のくせに学力上位の生徒の手柄にするこの高校が大嫌い。でも上位クラスで優遇されている私が文句を言っても、先生たちは軽く流すじゃないですか。そこまで被害者じゃないから、取り合ってくれない」

実際には、下位クラスの被害者である僕が文句を言っても、まともに取り合わないような学校なのだが……今の場面でそれはさして重要なことではない。

学校が変わらなくて、どうしようもない。

それをきちんと言葉にして、大隈教員に伝えておくということが今は大切だ。

「だから私はテロを起こすことにしたの。学校の問題や劣悪な点を浮き彫りにするようなテロを起こして、その対処をお願いする。そうすれば学校がよくなると思ったんです」

「……それが、お前がテロ行為に走った動機か？」

「うん。そうだよ。そのとおり」

七々扇は堂々とした態度のまま頷く。

「要するにマッチポンプだね。私のやってきたテロの内容は、学校の体制を批判するものです。テロをやめさせるには、学校を変えるしかない。私は大隈先生にはそう思ってほしかったんですよ。危機感を持って、学校の改善に取り組んでほしかったんです」

「いや……待てよ……改善に取り組んでほしかったって……」

そう言い、戸惑うように目を泳がせる大隈教員。

「……なんであたしなんだよ？　他にも先生ならたくさんいるだろ？」

「この学校に長年勤めて、考えが凝り固まってしまった人じゃ動かないからですよ」

「っ……なるほどな。そういうことか……」

大隈教員は「無茶言うなよ……」と漏らしながらも、七々扇の話に納得したようだった。

ならば、いい。信じさせることができたなら、ひとまず第一段階はクリアである。

学校の体制を批判するようなテロを起こす。学校側に問題を認識させたあと新任教師である大隈教員に学校が荒れていると助けを求める。そして、改善に動いてもらおうとした。

これが、七々扇の用意した偽の真相。

大隈教員を手中に収めるために、仕込んでおかなければならない下準備である。

本題はここから。

仲間になるよう説得するわけだが、さて、うまくいくかどうか……。

七々扇は露骨なため息を吐いて、肩を竦める演技をする。

「でも、残念です。どれだけ大隈先生に相談しても、学校は改善されなかったね」

「っ……」

「どれだけ待っても、授業の様子も先生の様子も一向に改善される気配がないや」

大隈教員はうつむき、唇を噛み締めた。

肩を震わせながら、絞り出したような声で言う。

「……違う。あたしだって、学校の風紀が悪くならないように動いてたよ」

「先生がやったのは見回りを決めたり、そういう対症療法的な対策でしょ？　根本の原因……学校の体制や差別法をどうにかしようとして動いたわけじゃないじゃないですか」

「それはっ……そうかもしれないけど……」

「先生は口で対処すると言うばかりで、学校を変えようとしないじゃん。この学校の闇に気づいているくせに、おかしいと思っているくせに、ずっと見てみぬふりをしているよね」

「そんなことないっ……！　あたしはちゃんとやってたはずだっ……！」

ドアの前にいる僕にも、大隈教員の呼吸が浅くなっているのがわかった。

薄暗い教室の中に、はっ、はっ、という息が響いている。

「ちゃんとやってないよ。大人としても、教師としても、なに一つちゃんとしてない」

「……やめろ」

「本当は悪いことだってわかっているのに、学校や上司に流されるばっかり。先生はこれまでに一体、何人の生徒に暴言を吐いてきたんですか？　思い出してみなよ」

「っ……やめろっ……!!」

「はっきり言って、大隈先生には失望しました。その歳でこんなにもろくでもないありきたりな大人が存在しているとは思いませんでした。最低です。本当に、最低」

「ああああああああああああっ!! 言うなっ! そんなこと言うな! あたしを責めるんじゃねえっ!! はぁ……はぁ……げほっ。げっほ! おえっ……」

咳き込む大隈教員に、七々扇は容赦なく畳みかける。

「大隈先生なら、と思ったんだけどな。他の教師となにも変わりませんでしたね。この学校にたくさんいるクズみたいな教師の一人ですよ、あなたは」

「あたしだって吐きたくて暴言を吐いてるわけじゃないっ! なるべくひどくならないように言葉も選んでるし、他の先生たちみたいに生徒の私物に当たったりはしてないよ!」

「それは、言葉を選ばず生徒の私物に当たる他の教師たちの態度がおかしいと思っているのに、見てみぬふりをしているってことじゃない? やっぱりダメじゃん」

「違うっ! だって……だって、仕方ないだろ!? 新任で文句なんて言えねーよ!!」

「教師がそれでいいの? 大人がそれでいいんですか?」

「よくないよっ!! このままでいいわけがない! こんな気味悪い高校生活があっていいはずねーだろっ! そんなことはあたしが一番わかってんだよっ……! ああああっ!!」

大隈教員は歯を食いしばりながら、両手でうねりの激しいロングの茶髪をかきむしる。

彼女を覆っていた教師の顔は、完全に瓦解していた。

恐ろしいほどに、なにもかも七々扇の事前の狙いどおりの展開だった。

「もう嫌だっ。やめてくれよっ。こんな話をあたしにして、なにがしたいんだ？　なんであたしを責めるんだ？　今日はわざわざ失望したって伝えるために呼んだのか？」

「ははっ。まさか。そんなわけないでしょ」

七々扇は立ち上がると、頭を抱える大隈教員の前に立つ。

そして、胡桃が僕を誘ったときのような感じで、大隈教員に右手を差し伸べた。

「大隈先生。私の仲間になってよ」

「はぁ……はぁ……はあ？　仲間って、どういうことだ……？」

「私はこれからも学校を変えるためにテロを続けます。だから、その協力をしてよ」

大隈教員が目を見開いたまま固まる。

浅かった呼吸を止め、口を半開きにしたまま、七々扇を見上げる。

十秒、二十秒にも思える長い沈黙と硬直。

しかし当然、ずっとそのままでいるわけがない。

呼吸を再開するのと同時に、彼女はぶんぶんと首を横に振った。

「な、なに言ってんだ。変なこと言うな！」

「へえ。生徒のために動かない。おかしいと思っているのに、学校の体制を変えようとしない。それで、挙句の果てには協力もしてくれないんだ。やっぱり最低な大人ですね」

大隈教員の顔が、先程と同じように悲痛に歪む。

「あたしを仲間に誘う意味がわからないっ」

「先生が手伝ってくれれば、もっと大きなテロが起こせます。そうなれば、きっとお偉い先生とか、大きな組織とかが動くはずです。学校を変えられるはずなんです」

七々扇が不敵で絶対的な自信を孕んだ笑みを浮かべながら、大隈教員に手を突き出す。

「今日までの罪滅ぼしだと思ってさ。私と一緒に学校を変えるためにテロをしよう？」

「……んくっ……はぁ……はぁ……」

「先生もこの学校、嫌いでしょ？　協力してよ」

大隈教員はこれ以上ないほどに目を見開きながら、七々扇のことを見上げていた。

今の大隈教員にはきっと、世界が極彩色に染まっていくように見えているのだろう。学校の闇に触れ、七々扇に責められ、なにが正しくてなにが間違っているのかわからなくなっているはずだ。

善と悪を再認識して、常識を捨て、僕らの仲間になるかどうか。

七々扇の作戦の成否が決まる瞬間がきた。

大隈教員の出した答えは……。

「……ははっ。本当に、なに言ってんだ、七々扇。冗談はよしてくれよ」

そう言いながら、大隈教員は乾いた笑みを浮かべていた。

「テロに協力？　そんなふざけたこと、するわけないだろ。馬鹿じゃねえの？」

「嫌だなぁ、大隈先生。まだそんなこと言って。本当は……」

「この学校で一生懸命やってる奴だっているだろ。遊び呆けていて、そういう人たちに申し訳ないと思わないのか？　ええと……ほら、生徒会の連中とかさ。がんばってるじゃん」

そのセリフが放たれた瞬間、七々扇の顔がぴしりと強張った。

大隈教員は七々扇の変化に気づかず、捲し立てるように話を続ける。

「七々扇、お前は上位クラスだろ。変なことしてないで勉強しろよ。頼むよ。今年の二年はお前にかかってると言っても過言じゃないんだ。わかるだろ？」

「………………」

「今日の話は聞かなかったことにしてやる。七々扇も明日からは普通の生徒に戻れ。な？」

大隈教員は余裕を取り戻したような態度で、固まっている七々扇の手をやんわりと戻す。

「もう高校生なんだからさ。学校が嫌いでも我慢しろって。そういうのは卒業しろ」

そう言って立ち上がると、迷いのない顔と足取りで僕の前にやってきた。

「お前ら二人も、七々扇に影響されて妙なことするんじゃないぞ」

立っている僕の肩を押して横に退かせ、そう言い残して去っていった。

足音が遠ざかっていく。薄暗い教室が静寂に包まれる。

七々扇は顔を強張らせたあの瞬間のまま、ずっと固まっていた。

「……七々扇？」

僕が声をかけると、七々扇(ななおうぎ)は呼吸の仕方を思い出したかのように大きく息を吸った。

「あ……ごめん。行っちゃったね」

開け放たれたドアを見ながら、七々扇がぽつりと呟(つぶや)く。

困ったような顔になって、肩を竦(すく)めた。

それが、結果報告だった。

七々扇がこの夏の着地点にしようとしていた作戦は、あえなく失敗に終わったのだ。

＊

大丈夫。あたしの選択は完璧だったはずだ。

テロの誘いになんて乗らない。あたしはなにも聞かなかった。なにも見なかった。

主任だって言ってただろ。七々扇は特別な存在だから、丁重に扱えって。

あたしの判断は事態をなるべく丸く収めるもので、たぶん完璧だった。

寸前のところで、口が回った。適当なことを言えた。うまく丸め込むことができた。

受験のことだけを考える。将来のことだけを考える。利益のことだけを考える。

——生徒のために。

それが、立派な大人なんだろ？

＊

「あはは……ごめんね？　最後の最後でミスっちゃった」

大隈教員の懐柔に失敗した直後の教室。

僕と胡桃が仮面を外すと、七々扇は気恥ずかしそうな顔で笑った。

「だいぶ追い詰めたからイケると思ったんだけどね？　読み間違えちゃった。現代文の成績には自信あったんだけどなぁ。現実世界の人間の気持ちを把握するのは難しいね？」

「……まあ、仕方なかったんじゃないか」

むしろよく立ち回ったと思う。僕ら生徒と教師では立場が大きく違う。

仲間にするのは、かなりの難易度だったと思うしな。

結局のところ、大人からしてみたら僕らのやっているテロなんてお遊びでしかなくて、真面目に受け取るのも馬鹿らしいってことなんだろう。

「私はどうなるのかな？　テロの犯人だって言っちゃったけど、停学とかになる？」

「大隈教員の口ぶりからして、それはないと思うけど。七々扇は上位クラスだし」

「どうだろうね。まあ、どうでもいいんだけど」

七々扇は一瞬だけ俯いたあと、上体を反らして「んー」と大きく伸びをした。

それから僕と胡桃に向き直り、小首を傾げながら不敵な笑みを見せる。

「仲間にしてもらえないのは残念だったけど、君たちにはテロを続けてほしいな」

「……いいのか？　今後は僕らがテロをやるたび七々扇が疑われることになるぞ」

「別にいいよ。私は、君たちが復讐を続けてくれれば、それでいい」

それは、どういう思惑で言っているのだろう。

七々扇がなにを思っているのか、やっぱり僕にはよくわからなかった。

……いや、わからないは、嘘か。確証がない、という表現のほうが正しい。

はっきり言おう。

七々扇がただの愉快犯でないということに、僕はなんとなく気づいている。

根拠は墓場での会話だ。僕の「言われっぱなしでいいのかよ」という問いに七々扇は
「いいわけないでしょ」と答えた。あのときの表情。あれが、七々扇の本性な気がする。

……まあ、仲間になることを拒否した今となっては、もう関係のない話かもしれないが。

窓の外に目を向けると、真っ青な空が滲んでいるように見えた。

深緑の植木が風に揺られている。差し込んだ西日がベランダに影を作っている。

どこか遠くで、蝉の声がする。夏が終わろうとしている。

大隈教員を仲間にすることはできなかった。

僕らの問題は不完全燃焼のまま、曖昧な形で終局を迎えようとしていた。

「……ムカつきますね」

静寂の中、水面（みなも）に一滴、水を垂らすように呟（つぶや）いたのは胡桃だった。

「私のこと？　……ごめんね」

向き直って聞く七々扇に対して、胡桃は首を横に振る。

「違いますよ。あの大隈香苗（かなえ）という教師です」

胡桃は大隈教員の出ていったドアを睨（にら）みながら、はっきりとした口調で言う。

「なんですか、あれ。苦しんで、あんな手帳を書いて、涙まで流していたくせに、この期に及んでまだ穏便に事を済ませようとしているのが、心の底からムカつきます」

「……胡桃？」

「学校が嫌いでも我慢しろ？　ふざけんな。同情していたのが馬鹿みたいじゃないですか」

胡桃がゆらりと、こちらに振り向く。

「あんなのが大人だなんて……私の行く先だなんて、認めたくない。認められない」

胡桃の目は、夕暮れの屋上で見たあのときのように赤く、復讐心に満ち満ちていた。

「私、やりたいテロができてしまいました。先輩方、付き合ってくれませんか」

＊

作戦の決行日は八月三十一日。夏休みの最終日だった。

僕と胡桃と七々扇の三人は、早朝の体育館を訪れていた。

「うわ。これはこれは。ご立派な会場ですね」

体育館に入るなり、僕らはぐるりと周囲の壁や天井を見る。

カラフルなビニールテープが張り巡らされた天井。壁には布が掛けられ、ペーパーフラワーが貼られている。テーブルも多数配置されており、完全に立食パーティムードだ。

それもそのはず。夏休み最終日の今日、この場所は、お疲れ様会という名目の上位クラス崇拝イベントの会場として使われることになっているのだ。

僕らはここで、テロを起こすことにしていた。

「文化祭の閉会式で使った装飾を片づけないで、そのまま流用しているだけだよ」

「なるほど。そういうわけですか。なんかケチくさい学校ですね」

僕らのすぐ後ろにいる七々扇が「実際ケチでしょ」と鼻で笑う。

まあ、そのとおりだな。

「さて、だいぶ買いましたけど、これで足りますかね?」

猫の仮面を被っている胡桃が、持ってきたビニール袋を覗きながら言う。

中には今日のテロで使うとある道具が、大量に入っている。

「流石に足りると思うけどな。こんなに使うだけの時間あるか?」

「どうでしょう。先輩のがんばり次第ですね」

それはそうなのだけど。プレッシャーのかかることを言わないでほしい。

胡桃と同じく狐の仮面を被っている僕は、気づかれないように小さくため息を吐く。

「私もなるべく急ぎますから、よろしくお願いしますね」

「わかったよ。でも、期待はするなよ。僕はそこまで運動が得意なわけじゃない」

胡桃は僕と目を合わせると、仮面の奥で「期待してますよ」と言った。

話を聞けよ。……まあ、求められているだけの活躍はするつもりだけどな。

「さて、そろそろ約束の時間ですね」

胡桃が壁にかけられている時計を見る。時刻は五時になろうとしていた。

予定どおりなら、そろそろ今日の主役が来るはずだが、果たしてどうか。

七々扇の失敗があるから、呼び出しに応じないという可能性も考えられるが……。

待つこと十分ほど。体育館の扉がゆっくりと開いて、件の人物は無事に姿を現した。

うねりの激しいロングの茶髪を振り回す、スーツ姿の小柄な女性。

僕らが今日、テロに巻き込もうと思っている人物——大隈香苗教員だ。

「……うわ、本当にいやがった」

大隈教員は僕らを見るなり、童顔をピクピクと引きつらせる。

「またお前らか……。これ、どういうつもりだよ」

そう言いながらこちらに見せてくるのは、一枚の紙——僕らが出した呼出状だった。

「『手帳を返してやるから、明日の早朝、誰にも言わず一人で体育館に来い。一人で来なかった場合は手帳に書いてある内容をもとに、この学校を告発する』……なんの真似だ？」

大股で歩きながら、強めの口調で詰め寄ってくる大隈教員。

会話の主導権を握られると面倒だ。さっさと作戦を始めたほうがいい。

僕が目配せすると、胡桃は小さく頷いた。ビニール袋をその場に置いて居住まいを正す。

「では、これよりテロを始めます。七々扇先輩は逃走ルートの確保をお願いしますね」

「ん。オッケー。任せておいて」

指示を受けた七々扇が、颯爽と裏口から出ていく。

大隈教員は去っていった七々扇に訝しげな視線を向けたが、すぐに僕と胡桃に向き直る。

「その仮面……お前ら、この前の七々扇の仲間だな？」

「おや、心外な発言ですね。七々扇先輩の仲間じゃないですし、そもそも私が主犯です」

「はあ？　主犯？　なに言ってんだ」

困惑する大隈教員に、僕と胡桃は一歩近づく。

そして——あからじめ決めていたとおり、僕らは仮面を脱ぎ捨てた。

「一年六組の星宮胡桃です。初めまして、ですかね。私がテロの主犯です」

「二年五組の夏目蓮です。僕のことは、授業で知ってますよね」

突然の素顔と本名の開示。大隈教員は、ぽかんと口を開けて固まった。

しかし、すぐに正気に戻って、僕らに威圧的な視線を向ける。

「いきなり素顔を晒してなんだ？　自首のつもりか？」

「違いますよ。私たちの存在を、あなた――大隈香苗に深く深く刻みつけてやるには、素顔を晒したほうがいいと思いまして、こういう形を取ることにしたんです」

「存在を刻みつける……？　どういうことだよ」

「今日はね、大隈先生にもう一度お願いをしに来たんですよ」

胡桃が猫耳キャスケットを被りながら、警戒する様子の大隈教員に一歩近づく。

「大隈先生。私たちの仲間になってくれませんか」

「またそれか……。ふざけたことを言うな。あたしは変なことには加担しない」

「あはは。そうですよね。そう言うと思いました」

胡桃は身を翻すと、僕の横に戻ってきながら言う。

「変に大人ぶっている先生には、なにを言っても通じませんよね。なので今日は頑固な先生に、私たちの活動を実際に見せてあげようと思いまして、この場を用意しました」

「なに……？」

足元にあるビニール袋から、胡桃はひょいと本日の凶器を取り出す。

中でカラカラとビー玉が鳴るその物体の名前は、スプレー缶。

ビニール袋の中には、たくさんのスプレー缶塗料が入っていたのだった。

「……んだよそれ。お前ら、なにするつもりだ？」

「悪い子がスプレーを持っていたら、やることなんて一つじゃないですか？」

胡桃は意地悪な笑みを浮かべると、軽やかな足取りで後方に向かう。

パーティ装飾が施された壁の前に立つ。そしてそのまま、カラカラと何度かスプレー缶を振って……壁に向かって、一思いに真っ黒なスプレーを吹きつけた。

「サイアクな学校」と。全身を使って文字を書く。

「——おい、馬鹿っ！　なにしてんだ!?」

そう咆哮しながら、大隈教員が胡桃を止めるべく走りだす。

させない。僕は素早く前に回って、大隈教員の前進を強引に止める。

体格に自信があるわけではないが、相手は小柄な女性だ。身を屈め、全身を使ってブロックすることに徹すれば、簡単に体を受け止めることができた。

「んだよお前っ！　どけよ！　邪魔だ！」

取っ組み合いの体勢のまま、僕と大隈教員は睨み合う。

「大隈先生。待ってくださいよ。なに止めようとしてるんですか」

「ふざけんな！　こんなの止めるに決まってんだろ!?」

「別に決まってないですよ。……いいから。しばらく黙って見ていてください」

「はあ？　うるせえ！　ダメなもんはダメだろうが！」

大隈教員が小さな手で僕を突き飛ばして、再び胡桃に駆け寄ろうとする。

スポーツ経験がありそうな身のこなしに翻弄されるが、僕はなんとか食らいつく。

胡桃に指一本触れさせぬよう、大隈教員の行く手を阻む。

「くそっ！　なんなんだよ！　お前ら、こんなことして許されると思ってるのか⁉」

「僕も胡桃も、最初から許してもらおうなんて思ってないですよ」

「っ……なんだよそれっ……」

大隈教員がスーツのポケットに手を突っ込む。

もしこれが普通の喧嘩ならナイフかなにかを警戒するところだが、今回は教師が相手のため、そうじゃないことはわかりきっている。

予想どおり、大隈教員が取り出したのはスマホだった。

一人じゃ手に負えない状況だと感じて、外部に助けを求めるつもりなのだろう。

僕は即座に詰め寄り、手首を叩いて彼女が持っているスマホを床に落とさせた。

「くそっ」

床に転がったスマホを見捨てて、大隈教員が即座に踵を返す。

この場からの逃亡を狙った動き。だが、残念ながらそう動くことも想定済みだ。

僕は追いかけるように駆け出し、出入り口の直前で大隈教員の肩を掴んだ。動きを止めさせ、前に回り込み、大隈教員を体育館の中央へと押し戻す。

「逃げないで、ちゃんと僕らと向き合ってください」

肩で息をする大隈教員が、僕のことを下から強く睨む。

「……向き合うってなんだよ」

呟くようにそう言ったあと、腹の底から出したような大きな声で叫ぶ。

「お前ら、なんなんだよ！　なんでこんなことするんだよ⁉　なんでテロなんてするんだよ⁉　いい加減にしろ‼　そんなにこの学校が嫌なら退学でもなんでもすればいいだろ！」

すると、遠くでスプレー缶で落書きを続けている胡桃が「あはは っ」と笑った。

「退学なんて馬鹿言わないでくださいよ。そんなの逃げただけじゃないですか」

「だったらしかるべき機関に告発するとかさ！　あるだろもっと！」

「ないですよ。告発したって、ただ辛い現状が終わるだけです。恨み辛みをぶちまけてやらないと釈然としないでしょ？　復讐をしないと、私たちの心は収まりません」

胡桃はそう言いながら、次々と壁に落書きを施していく。

「わかるでしょ？　今のこの瞬間も、復讐の一環です。テロを『馬鹿じゃねえの』なんて言葉で一蹴しやがったあなたに、私たちの思いの丈をぶつけないと気が済まないんです」

「なにが復讐だ！　そんなことしても、救われた気になんてなるわけないだろ！」

「さあ、どうでしょう？　道徳心に満ちた恩師がいれば、理解できたかもしれないですね」

胡桃から痛烈な皮肉が向けられる。大隈教員は歯を噛み締めた。

ごもっともなのだが、ちょっとかわいそうだな。

「大隈先生。あなたの言ってることは、なにもかも『遅い』んですよ」

胡桃がスプレー缶を投げ捨てる。

「私、我慢するのも、なにもしてくれない大人に従うのも、もううんざりなんです」

胡桃は鼻を擦ると、「ほら、見てください」と言いながら手を広げる。

「私たちの不満は、こんなにでっかく書かなきゃいけないほどに肥大化しているんです!!」

壁一面に、学校への不満が書かれている。

「ほら、どうぞ？　お疲れ様会だかなんだか知らないですけど、このままやればいいじゃないですか。いつもどおり、私たちの心の叫びを無視するだけです。できるでしょう？」

『サイアクな学校』『暴言が日常』『勉強で上下関係なんておかしい』『学力で差別するな』『人格否定していいわけがない』。僕らの心の叫びが、衝動が、ぶちまけられている。

そんな中、大隈教員の目が一つの文章で止まった。

『生徒に死ねとか言いたくないよ。聞くのも嫌だ。死にたい。私が死にたい』

それは、大隈（おおくま）教員の手帳に書いてあった言葉そのものだった。

「ふふっ。どうです？　完全に溶け込んでいると思いませんか？　私たちの言葉に」

胡桃（くるみ）が汚れた手を叩（はた）きながら、僕と大隈教員のもとに戻ってくる。

そして、意地悪な笑みを浮かべながら鮮やかに手を差し伸べた。

「大隈先生。手帳を見て確信しました。あなたは大人じゃないです。私たちと変わらないどこまでも青臭い子どものはずです。なら、一緒に悪いことしましょうよ」

「は、はあ？　悪いことなんて……できるわけないだろ……」

大隈教員は見開いた目で胡桃を見上げ、静かに首を横に振る。

そんな彼女に胡桃は、ずいと顔を近づける。

「なにを躊躇（ちゅうちょ）しているんですか？　先生もこの学校が気に食わないんでしょ？　なら手を貸してください。私と一緒にこの学校を変えましょうよ。復讐（ふくしゅう）しましょうよ」

「復讐……？　そんな、あたしは……」

「先生もしたいでしょ？　復讐。この学校の歪（ゆが）んだ連中に皮肉をぶちまけてやりたいでしょ？　私たちの気持ちが少しでも理解できるなら、仲間になってくださいよ！」

「……っ。違う！　こんなことに協力するのは教師の仕事じゃない！」

「じゃあ、なにが仕事なんですか？　暴言を吐くことですか？　生徒から金を搾取することですか？ 言ってみてくださいよ！ 私に教えてくださいよ教師の仕事ってやつを!!」

激しい剣幕に、大隈教員がびくりと肩を震わせる。

「胡桃。言いすぎだ」

「あ……ごめんなさい。ヒートアップしてしまいました……」

僕が注意すると、胡桃は大きく一つ、深呼吸をした。それから、呆然としている大隈教員に向かって、慈愛にも悲哀にも似た表情で静かに言う。

「私はあなたのことが憎いです。私たちのテロがお遊びじゃないって、思い知らせてやりたい。でも、同時にあなたを救いたいとも思ってるんです。どうか、わかってください」

「そんなの……」

「大人とか、教師とか、言い訳しないでください。私は、大隈香苗に言ってるんです。仲間になってください。一緒に、このクソみたいな学校に復讐をしてやりましょうよ」

「………」

「大隈先生。あなたにも、嫌いな先生がたくさんいるでしょ？ 七々扇先輩が罪滅ぼしとして仲間になれと言っていましたが、私は違う考えです。大隈先生。私はあなたのために言ってます。あなたのために、あなた自身のために、決断してください。お願いです」

「………」

「でないと、死んでしまいます。あなたの生命か、心か、どちらかが先に」

「あたしは……あたしはっ……」

それきり返事はなく、大隈教員は呆然と胡桃のことを見上げたまま固まっていた。

しばらくして、裏口から七々扇が小走りで戻ってきた。

「蓮くん。胡桃ちゃん。時間だよ。そろそろ逃げられなくなる」

「わかった。行こう、胡桃」

「……はい。では、大隈先生。さようなら」

誰にも見られないよう、僕らは七々扇に確保してもらったルートで体育館を脱出した。

成功も失敗もない。これが、胡桃のやりたいテロだった。

*

「なんだ……？　なんだ、この惨状は!?」

頭上からそう声が聞こえたとき、あたしは助かったと思った。

顔を上げると、そこには驚いた顔をした主任がいた。

きっと、騒ぎを聞いて駆けつけてくれたのだろう。

主任はスプレー缶の落書きで満たされた体育館を見て、絶句していた。

よかった。これで、あたしは助かる。

主任が認知したなら、あとはなるようになる。

もうあたしはなにも考えなくていいんだ。学校の在り方とか、教師の在り方とか、そんなの知るかよ。ただの二十三歳でしかないあたしにそういうの求めないでくれ……。

「大隈先生！　これは、どういう状況だ!?　今すぐ説明しろッ!!」

詰め寄ってくる主任に、あたしは座り込んだまま答える。

「生徒がっ……生徒がスプレー缶で落書きをして逃げていきました……」

「なんてことだ……！　なぜ止めなかったんだ大隈先生!?」

「止めようとしましたよ！　でも複数人いて、止められなかったんです！」

そのとき――パンッ、と乾いた音がした。

直後、頬のあたりがじんわりと、痛みを伴って熱くなってくる。

叩かれたのだ。あたしは、叩かれたのだと認識するのに数秒の時間を要した。

「複数人とか関係ないだろう！　目の前にいたのなら止めろ！」

主任がつばを飛ばしながら、あたしを叱責する。

「む、無茶言わないでくださいよ！　そんなことできるわけないでしょう!?」

「それは、お前がいつも生徒のことをコントロールできていないからだろうがッ！」

そう叫びながら、また主任が手を振り抜く。

乾いた音が響いて、耳鳴りがした。

あたしは叩かれた頬に触れながら、呆然と座り込む。

なんで？　なんでだよ。なんであたしが叩かれているんだ？　意味がわからない……。

「ああもう、本当に今年は問題が多すぎる。いい加減にしろよ本当に」

「どうしようもなかったんですよ……」

「チッ。だからさ。そういうの聞いてねえんだよ。対処しろって言っただろうが」

主任は苛立ちを隠そうともせずに頭を掻き毟ると、あたしを睨みつけた。

「今すぐこの落書きを消せ。そして犯人を見つけろ」

「いや……犯人は……」

もうわかっています。星宮胡桃。夏目蓮。そして、七々扇奈々です。

彼女たちの名前を挙げようとして、あたしは途中で言葉を詰まらせた。躊躇した。

主任を見上げながら、代わりにこう言葉を続ける。

「犯人は……犯人は、どうなるんですか？」

「退学に決まってるだろう」

あたしの問いに対して、主任は即答した。

そりゃあ、そうだよな。こんな校則と常識に反した行動ばかりして、退学にならないわけがない。全員、処分を受けてしかるべきだと思う。

でも、思う。あいつらを退学にして、それで本当にこの学校はよくなるのか？

異を唱える者を排除して、はみ出し者を弾いて、それで平和になったって言えるのか？　文化祭での暴言放送だって、サラシクビって落書きだって、暴言の明細書だって、テストみたいな問題の配布だって、ぜんぶこの学校の劣悪さに対するメッセージじゃないか。

本当にあいつらは完全なる悪者なのか？　あたしには、わからない。

星宮胡桃は、学校への不満で溢れた壁の落書きの中に、あたしが手帳に書いた文章を書いて。「完全に溶け込んでいると思いませんか？」と言った。

もし本当にあたしがあいつらと同じだとするなら。今ここで主任に犯人を言うということは、あたしがあたし自身の心を売ることと同じなんじゃないだろうか。

黙っていると、主任が深いため息を吐いた。

「いいか、大隈先生。本当は私だって退学する生徒は出したくないのだよ」

「っ……わかります。そうですよね」

そうだよ。あたしだって退学する生徒なんて出したくない。

でも、仕方がないことか……。社会で生きていく以上、ルールを守ることは絶対だ。

「学費が取れなくなるし、来年の入学希望者に悪い影響が出る。それに、難関大学合格者の『弾』が一つ減るわけだからな。我々にとっていいことなんて一つもない」

「……は？」

かっ、と、喉のギリギリまで胃酸が上ってきたような感覚がした。

生徒に対して、なんだよそれ。そんな言い方って、あるかよ。

あたしは目を見開いて、抗議の意思を向ける。

しかし、主任はあくまで冷たい瞳をしたまま、あたしを見ていた。

「大隈（おおくま）先生。今の時代、問題を起こして退学なんて笑えない冗談だ」

「…………」

「お前がコントロールできなかったから、生徒の人生が狂ったんだよ」

……なんなんだ、こいつ。いい加減にしろよ。

強く歯ぎしりをしているせいで、さっきからずっと奥歯が痛い。

ふざけんな。ふざけんなよ。あたしのせいじゃないだろうが。

西豪（さいごう）高校は、いちおうネームバリューのある進学校だ。

中学時代に不真面目だった生徒が、この学校に入学できるわけがない。

そうだよ。『サイアクな学校』『暴言が日常』『勉強で上下関係なんておかしい』『学力で差別するな』『人格否定していいわけがない』。

数々の落書きを見て、今までのテロを見て、あたしは気づいたんだ。

あの子たちは、間違いなくこの学校のせいで歪（ゆが）んでしまったんだ。

なのに、なんであたしのせいにするんだよ。本当に、ふざけんな。

悪いのはお前らだろうが。この学校のやり方だろうが！　システムだろうが！

あたしが就職するよりも前にこの学校をこんなにした、お前らが悪いんだろうがッ!!

「とにかくこの落書きはすべて消せ。こんな状態では開催不可能だ」

主任があたしを手で押し退け、体育館から去っていく。

足音が遠ざかっていくにつれて、あたしの中でなにかが膨れ上がっていく。

逃げるように生きてきた人生だけど、あたしにだって自我くらいある。

こいつのことを、許しちゃいけない。許したくない。この世界から消し去りたい。

胸にある感情が、怒りだと気づいたとき――あたしの体は勝手に動いていた。

立ち上がって、駆けだして、主任の体に掴みかかっていた。

「ふざけんなっ……ふざけんなよ!!　お前、人のことをなんだと思ってんだっ!!」

「っ!?　この、なにをするんだ馬鹿者がッ!!」

「うあっ」

一発くらいぶん殴ってやるつもりだったのに。

駆け寄った直後、小柄なあたしは主任に突き飛ばされて、尻もちをつかされていた。

「おい。今のはなんのつもりだ？　大隈先生」

主任が屈んで、あたしの前髪を強く掴む。

「いや……痛っ……！」

「お前がこんなんだから、生徒がこうやって図に乗るんだろうがッ!!」

主任はつばを飛ばしながらそう怒鳴ると、近くに転がっていたスプレー缶を拾った。

そして、あたしの顔に向かって、なんの躊躇もなく黒い塗料を吹きかけた。

「うあっ……ああっ……げほっ、げっほ……」

「おや、大隈先生。不良生徒を止めようとして、スプレーをかけられるとはかわいそうに」

「っ!? ……お前っ……おまえぇ……!」

悔しいのに、あたしはそれしか言うことができない。

怖い。痛い。目が、開けられない。

「この件はこれで不問にしてやる。さっさと顔を洗って仕事に戻れ。無能が」

あたしの腹にスプレー缶を投げ捨てると、主任はそのまま体育館から出ていった。

「うっ……うう……」

真っ暗闇の視界。瞳の奥から、涙が溢れてくる。自分の意思では止められない。

ダメだった。まただ。あたしは、こうして泣くことしかできないんだ。

「うあっ……うあああっ……あああああああ……」

がらんとした体育館の中に、あたしの泣き声が反響する。

でも、響いて返ってくる声をよく聞くと、あたしのものじゃないような気がした。

間違いなく気のせいだ。わかっている。わかっているけど、別の声に聞こえる。

耳を澄ますとその声は、ついさっき聞いたばかりのあの女子生徒のものによく似ていた。

『先生もこの学校が気に食わないんでしょ？』

星宮胡桃だ。これは、星宮胡桃があたしに向けて発していた言葉だ。

『恨み辛みをぶちまけてやらないと釈然としないでしょ？』

……なるほどな。わかった。わかったよ。これがあいつの言ってた復讐心か。

『一緒に、このクソみたいな学校に復讐をしてやりましょうよ』

頭の奥底が熱い。耐え難い衝動が体の内側から湧き出てきて、止まらない。

そうか。星宮胡桃の言うとおり、あたしは大人なんかじゃなかったんだ。

あんな外道が大人だと言うのなら、あたしは一生、大人になんてなりたくない。

ざっけんな。二度もあたしのこと叩きやがって。絶ッッ対に許さねえ!!

常識？　正当性？　うるせえ!!　そんなもん知るか！　どうでもいいよ、もうっ!!

あたしはあいつに、この学校に、恨み辛みをぶちまけてやらないと釈然としねえッ!!

「あああああああああッ!!　なんなんだよもおおおおおおおおおおおおっ!!」

目を、開ける。あたしは、床に落ちているスプレーを手に取った。

缶の中から、カランとビー玉の転がる音がした。

＊

あのあと、開始時刻までに落書きが消せず、学校主催のお疲れ様会は開かれなかった。

朝のうちに各クラスの担任が生徒たちに連絡をして、中止になったのだった。

西豪(さいごう)高校の誇る最悪な夏期講習は、自主学習という形で終わりを迎えた。

そして、八月の三十一日はそのまま過ぎ、九月になった。

夏休みが明け、通常授業の再開となる。

九月の一日。ホームルームだけの登校初日が終わり、放課後となった。

懐かしき天体観測部の部室は、どんよりとした暗い雰囲気で満ちていた。

チク、タク、と秒針の音だけが鳴り響く中、僕と胡桃(くるみ)は深く座ってぼうっとしていた。

「やっちまいましたね……」

姿勢を変えぬまま、胡桃がぽつりと呟(つぶや)く。

「顔と名前を大隈(おおくま)教員に晒(さら)したこと？」

「そうです。もうこれで言い逃れができなくなりましたね……」

胡桃がパイプ椅子にだらりと背を預けて、猫耳のキャスケットを指でくるくると回す。

ここで顔を合わせた直後からわかっていたことだが、だいぶ思い詰めているようだ。

「最後にやったテロ、胡桃は後悔してるのか？」

「それは、いいえです。まったくもって後悔はしていないですよ」

キャスケットを宙に放って、キャッチして、軽やかに頭に被(かぶ)りながら胡桃は言う。

「あのテロは、線香花火みたいなものです。この夏との決別に必要だったんですよ。名のある生徒が傷ついていたとわからせないと、気が済まなかったじゃないですか」

「それはそうだな。僕もそう思う」

そう思うからこそ、僕も胡桃のやりたいと言った作戦に乗ったんだ。

大隈教員は「学校が嫌いでも我慢しろ」と言っていた。そんな彼女に僕らの本気を見せつけてやりたかった。そしてそれは、匿名という安全圏から叫ぶだけではダメだった。

胡桃の言うとおりだ。僕らにとってあれは、必要な儀式だったのだと思う。

「……後悔はしていないですが、これからのことを考えると憂鬱なんですよ」

「うん。まあな。それもわかる。まったくもって同じ気持ちだ」

顔と名前が割れてしまった以上、学校から僕らに対して、なにかしらの処分はあるに決まっている。停学か、退学か。余罪を考えれば、もっとひどい展開だってありえる。

というか今朝、胡桃と電話をして腹を括って登校したのに、何事もなくホームルームが終わって放課後になっているのが怖いのだ。教師陣がどういう状況なのかさっぱり。

考えても仕方がないことだとはわかっているが、脳が最悪の結末を想像してしまう。

どんな結末であれ、胡桃と一緒なら受け入れる気ではあるが……。

「……ねえ、先輩、キスしましょうよ」

僕の返事を待たず、胡桃が机上に身を乗り出す。

たしかに。こういうときはキスをして気を紛らわせるのが一番か。

「いいよ。僕もしたかったところだ」

「やった。えへへ。なんか部室でキスするのは久しぶりですね……」

「たしかに。言われてみれば、そうだな」

「……部室でキスするのは、もう最後かもしれないですね」

「…………」

パイプ椅子から立ち上がって、不安そうな胡桃の顔に手を添える。

見つめ合って、唇と唇を重ね、舌と舌を絡め合わせた——そのときだった。

突然、部室のドアが開いた。

「あっ。毎回、お取り込み中にごめんね」

そう言いながら、悪びれる様子もなく入ってきたのは七々扇だった。

胡桃が僕から離れて、不機嫌顔でパイプ椅子にぺたんと座る。

「……なんだ。七々扇先輩ですか。びっくりした」

「なんか二人とも雰囲気、暗くない？　どしたの？」

「そりゃ暗くもなりますよ。このあと教師にボロクソ言われるんですから」

胡桃が唇を尖らせながらそう答えるが、七々扇はきょとんと首を傾げた。

「顔と名前を出してテロを起こしたから？　それは気にしなくて大丈夫だと思うけどな」

「はあ？　七々扇先輩だって他人事じゃないんですよ？　そこのところわかって……」

言いかけて、胡桃がぴしりと固まった。その隣で、僕も思わず目を見開く。

驚くのも無理はないだろう。

七々扇に続く形で、入ってきたのはスーツ姿の小柄な女性。

癖の強いロングの茶髪を揺らしながら現れた彼女の名前は——大隈香苗。

僕らが今、最も気にしている人物だった。

「……よう、テロリストども。こんなところを活動拠点にしてたとはな」

大隈教員は部室に入るなり、僕らを上目遣いに睨みながらそう一声出す。

「あー、終わった。先輩。ついにお迎えが来たようです」

胡桃が白目を剝きながら天を仰ぐ。なんて顔してるんだよ。

……でも、そうか。これで終わりなんだな。顔と名前がバレている以上、逃げても隠れても無駄なのはわかっているが、まさかこの部室で最期を迎えることになろうとは。

終わるなら胡桃と出会った屋上で終わりたかった、なんて。

そんなキザなことを思いながら、僕は内心で観念していた。諦めていた。

しかし、どうも大隈教員の様子がおかしいことに気がついた。

僕らを睨んではいるが、彼女に怒っているような雰囲気はない。それどころか、時折視線を床に戻したりしているところから、どこか後ろめたいことでもあるようだった。

とても僕らをテロの犯人として確保しに来た、という感じには見えない。

「ほら、大隈先生」

七々扇に背中を押されて、大隈教員が一歩前に出る。

大隈教員はしばらく床を見つめていたが、一呼吸して僕と胡桃に向き直った。

「まず、言っておくことがある。あたしは、お前らが犯人だって学校に報告していない」

「……え？　それは、どうしてですか」

そう尋ねる胡桃に、大隈教員は言う。

「あたしはお前らを学校の風紀を乱すだけの存在だと思っていた。だけど、ちゃんと見れば事はそんなに単純じゃなかった。生徒を人として扱わない教師がいて、それに対しておかしいと叫んでいる生徒がいる。そういう構図だった。そうだろ？」

「はい。それは、間違いないです」

「……あたしには、お前らを退学にすることが正しいとは思えなかったんだ。だから、学校側に言わないことにした。スプレー缶の犯人は不明ってことで報告してある」

なるほど。それで、登校した時点で僕らが捕まることはなかったというわけか。

ありがたい話だが、思うことがないわけではない。

どうせ裏があるんだろ。僕らのことを舐めてもらっちゃ困るんだよな。

「見逃したからって、私たちはいい子になんてなりませんよ」

胡桃はすかさず、僕が思っていることと同じことを口にした。

「『見逃す代わりに今後問題を起こすな』という提案なら、私たちは絶対に呑みません。ここで見逃したらこの先、私たちはテロを続けますが、あなたはそれでもいいんですか?」

「別にいいよ」

親とか履歴書とか将来とか、そういった単語を含む押し問答になると思ったのだが。

意外なことに、大隈教員は実にあっさりとそう返事をした。

「……それ、本気で言ってます? テロを続けるって言ったんですよ?」

「ああ。好きにしろ。こんな学校めちゃくちゃになっちまえばいいと思う」

驚く胡桃に対し、大隈教員は一切の迷いを感じさせない様子でそう返す。

そして、そのままの声色でこう続けるのだった。

「考えたんだけど、あたしにはお前らを止める理由なんて特にないんだよな。この学校のことが嫌いだし、この学校のルールみたいなもんを作った奴らも気に食わないし」

「おお。やっと気づきましたか。そうですよ。あなたは教師の仮面を被ってただけです」

「お前らを見てて思ったよ。こうあるべきとか、あれをやっちゃダメとか、そういう常識ばっかり考えていたけど、そんなのどうでもいいんだよな。嫌いな奴は殴ればいい」

「そう! そうです。手帳に書いて我慢するくらいなら実際に困らせてやればいいんです」

胡桃がビシッと指を差すと、大隈教員はウンウンと頷いた。

大隈教員、とんでもないこと言ってるな。これはまた、ずいぶんと吹っ切れたもんだ。

手帳を見て僕に似ているところがあるとは思ったが、こんなにも考え方が変わるとは。

昨日のテロは半ば自暴自棄とも言える作戦だったが、心に刺さったならなによりだ。

星宮胡桃の魔性に当てられた人間がまた一人増えてしまった。

いいことだな。……いや、ちゃんと言うなら悪いことか。

僕が感心していたら、大隈教員が「それでな」と口を開いた。

「あたしはお前らを学校に突き出さないんだけどさ、一つだけお願いがあるんだよ」

「え、なんですか⁉　まさかこの展開で金を出せとか言うつもりですか⁉」

大隈教員は苦笑いをしながら「違う違う」と否定すると、恥ずかしそうに言う。

「……あのさ、あたしをお前らの仲間に入れてくれないか」

一瞬の硬直。胡桃は僕を見て、それから大隈教員に視線を戻した。

「いちおう、理由を聞かせてくれませんか」

「この学校がうざいから、あたしもめちゃくちゃにしたいって思ったんだよ」

「……ほう」

「痛い目を見せてやりたい上司もいるしな」

胡桃が「主任とか？」と聞くと、大隈教員は「さあな」と言ってにやりと笑った。

まあ、何人もと言っている時点で、かなりの恨みが溜まっていそうだ。

「あとな？　なんつーか……前にお前らに言われたことと同じようなことを思ったんだ」

「……と、言いますと？」

「教師であるあたしが協力すれば、確実にお前らが今までやってきたテロ以上のヤバいことができる。あたしなら、早く、確実にこのクソみたいな学校を変えることができるはず」

大隈教員は右手を握りしめ、そこに視線を落としながら言う。

「新任のあたしがなに言っても変わらない。だからこそ、この学校に長く勤めて善悪の判断がつかなくなった上司どもに、……正義ってやつをわからせてやりたくなった」

真剣そうな顔から一転。大隈教員は「そんなとこだ」と言って、自嘲気味に笑った。

「で、どうだ？　ダメかな、仲間。信用できないなら、契約書とか書いてもいいぞ」

自分からここまで言うとは。どうやら本気で仲間になりたいと考えているらしい。

胡桃が小首を傾げるような感じで、ちらりと僕の反応を確認する。

「さて、動機はこんな感じらしいですけど、どうします？　先輩」

「仲間に入れていいんじゃないか。もとからその予定だったわけだし」

「ですね。私もそう思いました。……じゃあ、そういうわけで」

胡桃がパイプ椅子から立ち上がり、大隈教員の前に立つ。

意地悪な笑みを浮かべながら、右手を差し出した。

「仲間になることを認めます。今日から共犯です。どうぞよろしくお願いします」

「ああ、よろしく。大人なんてクソ。まともに生きるのなんて馬鹿馬鹿しい。もうやめだ」

胡桃と大隈教員がお互いの手をがっちりと握り、契りの握手とする。

さっきまでどうなることかと思っていたが、運よくというか、大隈教員が吹っ切れてくれたおかげでうまくまとまったな。

想像していたような面倒な展開にはならないようでよかった。

「新メンバーも入ったことですし、今日は歓迎会でもやりましょうかね、先輩」

「いいね。とはいえ、そろそろ完全下校時刻だけど、どうする？」

「なに？　歓迎会とかしてくれんの？　ならどっかファミレス行かね？」

「え？　まあ、いいですけど。大隈先生って、そんな友達感覚でくる感じなんですね」

ぐいぐい来る大隈教員に、胡桃が若干、引き気味でそう答える。

さて、一件落着なムードだが、この夏の不始末がまだあることに僕は気づいていた。

目を向けるとちょうど、七々扇（ななおうぎ）がこれまでの流れをぶった切るように胡桃に声をかけた。

「ねえ、胡桃ちゃん。私も仲間にしてくれるってことでいいんだよね？」

ピタッと固まったあと、胡桃は七々扇に鋭い視線を向ける。

「は？　なんでですか。あなたはダメです」

「えー。だって大隈先生を仲間にできたら私も仲間にしてくれるって約束したじゃん？」

「大隈先生は私のテロで仲間になるって決めたんですよ？　七々扇先輩は関係ないです」

冷たい言葉で突っぱねる胡桃。これは、だいぶ嫌われているっぽいな。

少し迷ったが、僕は七々扇に対して助け舟を出すことにした。

「胡桃。七々扇も仲間に入れていいんじゃないか？」

「なっ……!? なに言ってるんですか先輩は！ さてはキスで懐柔されましたね……」

されてないよ。……いや、キスはされたけど、それで懐柔はされてない。

「七々扇は僕らより先に顔と名前を教師に晒しただろ？ なに考えていて、なんの目的で仲間になりたがっているのかはわからないけど、テロへの覚悟だけは本物だと思うんだ」

「む、それは……たしかに……」

「スプレー缶で落書きをするテロをやったときも、脱出ルートの確保という形で協力してくれた。側に置いておいても、悪いようにはならないと思う。少なくとも、しばらくは」

胡桃が再び、七々扇に目を向ける。というか、威嚇するように睨む。

十秒、二十秒そうやって睨み続けたあと「はぁ」と肩から脱力した。

「……わかりましたよ。では、七々扇先輩は仲間（仮）ということで許してあげます」

「やった。ありがとね？ 胡桃ちゃん」

「やめてください。触らないでください」

頭を撫でようとする七々扇。その手をぺちんと叩き落とす胡桃。

打ち解けるには、まだまだ時間がかかりそうだ。仲間（仮）らしいし。

「この人数じゃ、歓迎会はマジでファミレスでやる感じですかね。さすがに七々扇先輩をハブるわけにもいかないですし。西豪高校の生徒に会わない土地がいいんですけど……」

「あたしの地元ならこの学校の知り合いには会わねーと思うぞ。予約してやろうか」

「どこのお店です？　お値段するところはダメですよ」

「いいよ。あたしがちょっとくらいなら多めに出してやるから」

胡桃と大隈教員がスマホを見ながら、やいやいと騒ぐ。低身長二人組なので、中学生同士が遊んでいるように見える。怒らせたら嫌だから本人たちには言わないけど。

しばらくして話し合いがまとまったのか、胡桃が全体に向き直って手を挙げる。

「それでは、今日は夕方の六時くらいから、ナナ先輩とこぐま先生の歓迎会をやります！」

「え、ちょっと待って胡桃。今の呼び方、なに？」

「ああ、なんか先輩は二人いると呼びづらいし、先生も先生って感じじゃないから、二人ともあだ名みたいなものがあったほうがいいかなと思いまして」

胡桃は、七々扇と大隈教員を順番に指差しながら言う。

「七々扇先輩は名前が七文字でナナだらけだからナナ先輩。大隈先生はどこからどう見ても体型が『大熊』じゃないのでこぐま先生。どうです？　悪くないネーミングでしょ」

ドヤ顔をする胡桃。まあ、胡桃にしては珍しく悪くないネーミングだとは思うが……。

二人はいいんだろうか。

見ると、両者とも特に嫌そうな顔はしていなかった。

「私はなんでもいいよ？　呼び名とかあんまり興味ないし」

「あたしも別にそれで構わねーよ。こぐま先生って、なんかかわいい響きだしな」

……そうかい。本人たちがいいなら僕はなにも言うまい。

「ちなみに、もう慣れちゃったんで、先輩の呼び方は先輩のままですからね」

「まあ、いいよ、それで。いまさら蓮先輩とか呼ばれても気恥ずかしいだけだ」

「あ、気恥ずかしいんですね？　じゃあ、たまに不意打ちで呼んであげます。蓮くんって」

口元を軽く手で押さえながら、胡桃がくすりと笑う。

せめて先輩をつけろ、先輩を。……胡桃なら、別にいいけどさ。

「こほん。……では、改めまして、みなさんこれからよろしくお願いしますね」

胡桃が意地悪な笑みを浮かべながら、拳を差し出す。

その拳に合わせるように、僕らは四人で円になって、軽めのグータッチをした。

九月。予感に満ちた夏が終わり、厳しい寒さへと一直線に向かっていく季節。

星宮胡桃。夏目蓮。七々扇奈々。大隈香苗。

二人ぼっちだった僕らの復讐活動は、二倍の規模となって再出発することになった。

エピローグ

僕に「あーん」をしようとする七々扇に対して胡桃がブチ切れたり、こぐま先生が全種類のドリンクバーを混ぜて飲むというマジで子どもみたいなことをし始めたり。

騒がしい展開はいろいろとあったが、歓迎会はそれなりに楽しく進んだ。

「はい。本日はお疲れ様でした。それでは、解散です！」

夜の九時過ぎ。胡桃が締めのあいさつをして、歓迎会はお開きとなる。

「んじゃ、あたしはバイクだからここで。お前ら高校生は気をつけて帰れよ。ばいばーい」

ファミレスを出てすぐに横にある駐輪場。

こぐま先生が青色のバイクに跨がり、エンジン音を響かせて颯爽と去っていく。

あの人、バイク乗りなんだな。意外すぎる。というか、低身長なのに大きめのバイクに乗っているのでまったく似合ってなかった。乗っているというか乗せられている感じだ。

シルエットが乗馬体験をさせてもらっている子どもそっくりである。

「それじゃ、私たちも帰りましょうか」

いつまでも見ていても仕方ないので、僕と胡桃と七々扇は、ファミレスの敷地を出て歩きだす。星空の下。暗い夜道を歩いて、最寄りの駅に向かう。

　ICカードで改札を抜け、異様なまでに明るい駅の構内へ。

「先輩。一番線のホームはこっち……あっ」

　スマホで電車を調べていると、胡桃（くるみ）がそんなふうに声を上げた。

「悪い。僕は三番線から帰らなくちゃいけないんだ」

「そう、ですよね。違う電車ですよね。あはは……うっかりしてました。すみません」

　まあ、無理もない。僕と胡桃が別々の家に帰るのは、本当に久しぶりのことなのだ。

　昨日の夏休みの終了をもって、僕と胡桃の同棲（どうせい）は解消されていた。

　なんか、同棲を解消というと凄（すさ）まじく不穏だな。

　もちろん仲が悪くなったとかではない。古民家カフェが営業を再開するので、胡桃の一人暮らしが終わった。それに伴って、僕も実家生活に戻ることになったのだ。

「なんか、先輩が荷物をまとめて出ていったときよりも、こういうふとした瞬間に先輩ロスを感じるときのほうがヤバいですね……。あっ……なんか泣きそうです」

「泣きそうっていうか、実際に涙ぐんでない？　大丈夫？」

「大丈夫じゃないって言ったら、どうにかしてくれるんですか？」

　胡桃が淋（さび）しそうに笑う。声はしっかり震えていた。

　僕は指先で胡桃の涙を拭いながら、笑いかけてあげる。

「また一人暮らしをするときは呼んでよ。荷物持ってまた泊まりに行くから」

「泊まりじゃ嫌です。一緒に住んでください」

「わかったわかった。ちゃんと住むよ。一緒に暮らす。だから、しばらく我慢してくれ」

「しばらくぅ？　えー……んー……まあ、いいでしょう。わかりました。約束ですからね」

指切りげんまん。胡桃と小指を絡めて、約束する。

胡桃と目が合う。この夏、就寝前に何度もあったような、妖しい雰囲気が漂った。

雰囲気に流されるまま、キスでもしてしまおうかなんて考えていると、

「あ、蓮くん。私も三番線なんだ。もう電車来るって。一緒に行こ？」

場の空気を引き裂くように、七々扇がそう言って、僕らの間に割って入った。

胡桃が露骨に顔を引きつらせる。

「……チッ。ナナ先輩のそういうところが、私は本当に気に食わないんですよ」

「え？　え、なに？　……うわ、怖っ。胡桃ちゃん、なんて顔してるの」

「ナナ先輩には、いつか学校とは別の意味で復讐してやるから覚悟しといてください」

ぷんぷんと怒りながら、胡桃が一番線のホームへと消えていく。

「胡桃ちゃんなんで怒ってたんだろ？　まあ、いいか。電車来ちゃうし、行こ、蓮くん」

「……ああ。そうしようか」

これ、あとで僕も怒られたりしないよな？　大丈夫だよな？

二人で、階段を使って三番線のホームに降りる。

七々扇の言うとおり、目的の電車はすぐにやって来た。

数人の降りる人を待ってから、僕と七々扇は電車に乗り込んだ。

席はちらほら空いていたが、僕らはなんとなく二人でドア付近に立つことにした。

「いやぁ、今日は楽しかったなぁ。なんか、いきなり賑やかな感じになっちゃったね？」

ドアに背を預け、加速を始める景色を横目で見ながら、七々扇が言う。

「そうだな。ついこの前まで胡桃と二人っきりだったのが嘘みたいだ」

「胡桃ちゃんと二人っきりじゃなくなって残念？」

「……少しだけな」

僕の答えに、七々扇は笑いながら「ごめんね」と返した。

それから、再び窓の外へと視線を戻す。

「これからどんなテロをやっていくのかなぁ。楽しみだ」

「………………」

ふと、七々扇の顔をよく観察してみる。

整った顔立ち。楽しみと言いながら、彼女の目は一切笑っていなかった。

今なら……仲間入りが確定した七々扇と二人きりの今なら、聞けるかもしれない。

何気ない口調を装って、僕は七々扇にパスを出してみた。

「手始めに、生徒会の崩壊でも狙ってみるか？」

僕がそう言った瞬間、空気が凍ったような感覚がした。加速している電車の中で、僕と七々扇(ななおうぎ)の時間だけがぴたりと止まってしまったような気がした。

一瞬の間を経て、七々扇が振り返る。彼女は驚いたような顔をしていた。

しばらく目を瞬かせたあと――七々扇は観念したように笑う。

「蓮(れん)くん、それどこまでわかって言ってる？」

……さあな。予想だけついてなにもわかっていないから、こうしてパスを出したんだ。

僕がなにも言わずにじっと見つめていると、七々扇は愉快そうに口元を緩めた。

「いい。いいね。私、やっぱり蓮くんのこと好きかもしれない」

「………………」

「わかった。カッコいい蓮くんに免じて、ちょっとだけ口を滑らせることにするよ」

そう言うと七々扇は、僕が知りたいこととまるで関係ないような話を始めた。

「私、ありとあらゆる才能に恵まれていると自負しているんだけど、そんな私にも一つだけ、『才能がない』って確信しているものがあるんだよね。なんだと思う？」

聞いたくせに、七々扇はためを作らず、はっきりと答えを口にする。

「正解はね、お酒だよ」

「お酒の才能？」

「そう。お酒の才能が、私にはまったくないの」

カクテルを作る才能がない、みたいな話をしているのだろうか。

僕はそう思ったのだが、七々扇の解説でもっと単純な話だということに気づく。

「私、生まれつきお酒に弱いみたいなんだ。パッチテストをやったら真っ赤になるし。家系的にも、お父さんもお母さんもおじいちゃんもおばあちゃんも、みんなお酒に弱いし」

なるほど。本人の強さの話か。鍛えてもアルコールに強くなることはないと聞くし、たしかに、考えてみればお酒にどれだけ強いかも一種の才能だと言えるのかもしれない。

でも、そんな話をして、僕になにを伝えたいのだろうか。

「お酒は毒だよ。この世で最も簡単に手に入る、毒。吐き気を催させて、眠気を与えて、簡単な受験問題すら解けなくさせる。そういう毒なんだよ。……私にとっては」

「…………」

「お墓で会った生徒会のうるさい女子たち、いるでしょ？　西豪高校の生徒会をやってるあいつらはもともと、私と同じ塾に通っていて、私と同じ選抜クラスだった。そして、私と同じ有名大の付属高校を志望校にしていて――受験当日も私と同じ受験会場にいた」

ああ、なるほど。そういうことか。事の真相はそういうことだったのか。

「あの子たちは私に嫉妬していた。……ここまで言えば、蓮くんならもうわかるでしょ？」

七々扇は僕に向き直ると、静かな激情を孕んだ瞳をゆっくりと細めながら言った。

「私はね、私をこんなブタ箱みたいな高校へ道連れにしたあいつらに、復讐がしたいんだ」

あとがき

悪いコのススメの二巻を手に取ってくださり、誠にありがとうございます。

新人作家のデビュー作で、かつ、ほんのりとした苦味を含む本作を好いて、二巻まで読み進めようとまで思ってくださったあなたの感性が、私は心の底から大好きです。

好きな曲はなんですか？　今までで辛(つら)かったことは、どんなことですか？

その素敵な感性を大切にしてほしいと思ってしまう、私の弱い心を許してください。

申し遅れました。鳴海雪華(なるみせっか)です。好きな季節は夏です。よろしくお願いします。

一巻の執筆を終えたとき、私は部屋で一人、泣いていました。

それは、感激の涙でも感動の涙でもなく、淋(さび)しさからくる涙でした。

受賞のご連絡をいただいたのが、一月。改稿を進め、出版となったのが、十二月。

約一年、応募作として書いていた時期を含めるとそれ以上、私は蓮(れん)と胡桃(くるみ)のことばかり考えて生きてきたのです。それが、執筆を終えた瞬間、一人だけ現実に取り残されてしまったような気がして、淋しさがこみ上げてきて仕方がなかったのです。

物語を書く理由。読む理由。人によっていろいろあると思いますが、私は一つだけです。

どうしても、この辛いことが多い現実世界に存在していたくないのです。

許されるなら、物語のことだけを考えて、物語の中に閉じこもって生きていたい。

ただ、それだけなのです。いいえ。正確には、ただ、それだけでした。

もし、これを読んでいるあなたが、現実にいたくないと思う瞬間があったなら。

私の本を開いてください。そして、そこで息をしてください。

私が生きるために住み着いていた場所を、どうか使ってください。

動物園にいるヨツユビリクガメと違って甲羅に閉じこもれない私たちは——倒れても優しい飼育員さんに起こしてもらえない私たちは、そうやって生きるしかないのです。

大丈夫です。私と、私の物語は、いつまでもあなたの味方です。

以下、謝辞となります。

担当編集様。本作品も根気強く改稿にお付き合いくださり、誠にありがとうございました。悪いコのススメは、一巻二巻ともに、かなり好きなように書かせていただいたと思っています。一つの作品としてまとまったのは、間違いなく担当編集様のおかげです。

イラスト担当のあるみっく様。本作品も素敵なキャラクターを描いてくださり、ありがとうございました。あるみっく様のイラストに惹かれて本作を手に取ったという方が非常に多く、あるみっく様にイラストをお願いして本当によかったと、心から思っております。

最後に。二巻を手に取ってくださったあなたに、今日よりもよい明日が訪れますように。

鳴海雪華

MF文庫J

悪いコのススメ 2

2023 年 3 月 25 日　初版発行

著者　鳴海雪華

発行者　山下直久

発行　株式会社 KADOKAWA
〒102-8177 東京都千代田区富士見 2-13-3
0570-002-301（ナビダイヤル）

印刷　株式会社広済堂ネクスト

製本　株式会社広済堂ネクスト

Printed in Japan　ISBN 978-4-04-682332-8 C0193

◇◇◇

この作品はフィクションです。法律・法令に反する行為を容認・推奨するものではありません。

【 ファンレター、作品のご感想をお待ちしています 】
〒102-0071 東京都千代田区富士見2-13-12
株式会社KADOKAWA　MF文庫J編集部気付「鳴海雪華先生」係　「あるみっく先生」係